JN184140

河野裕子論

大島史洋
Shiyo Oshima

現代短歌社

目次

装幀・間村俊一

河野裕子論

『森のやうに獣のやうに』

1

これから河野裕子の歌をじっくりと時間をかけて見ていきたいと思う。第一歌集の『森のやうに獣のやうに』から見ていくが、吾々はすでに彼女の最終歌集（第十五歌集）『蟬声』までの世界を或る程度知ってしまっている。できるだけ、そうした視点からの影響を受けないよう虚心に初期の歌を見ていきたいと思うが、なかなかそうはいかない点も出てくるだろう。ま、自由に彼女の歌の世界を楽しみながら進めていきたいと思う。

『森のやうに獣のやうに』は昭和四十七年（一九七二）に出版されている。河野裕子二十六歳のときである。収録されている歌は昭和三十八年（十七歳）から四十七年までの作三一一首である。解説を高野公彦が書いている。この集に収められている「桜花の記憶」という一連によって河野は第十五回角川短歌賞（昭和四十四年）を受賞している。角川短歌賞受賞後三年を経ての刊行である。

この歌集は青磁社から出ているが、この青磁社という会社は、土屋文明の『韮菁集』や宮柊二の『群鶏』、小暮政次の『新しき丘』などを出版している会社であり、私にとってはとても親しい社名である。

そして、この青磁社という社名が河野裕子の息子である永田淳に引き継がれて現在に至り、最終歌集である『蟬声』もまた青磁社から刊行されている。第一歌集と最終歌集が同じ社名の会社から出版され、しかもあとのほうの社は息子が引き継いでいるということに何か不思議なつながりのようなものを感じてしまう。もし、青磁社物語といったようなものが書かれるとしたら、それは永田淳の手によって書かれるべきだろう。

さて『森のやうに獣のやうに』である。この歌集名は次の一首に拠っている。

森のやうに獣のやうにわれは生く群青の空耳研ぐばかり

この一首は「みづ」という連作風の十八首のなかに見られる。「獣のやうに」だけだったらこれはわかりやすい平凡な比喩である。「森の獣のやうに」でも同じである。しかしここでは最初に「森のやうに」と来ている。普通には見られないちょっと変わった比喩だから、読む者は一瞬、なんだろうと思う。そして次に「獣のやうに」である。そうするとこの獣に不思議な雰囲気が加わって、単なる平凡な比喩ではなくなってくる。この一首、特にすぐれた作とは思わないが、彼女の比喩への姿勢がよく出ているように思う。獣のように生きるだけならわかるが、その上についた「森」のように生きるとはどういうことか、その茫洋としたありように読者は立ち止まってしまうわけである。

そして結句は「耳研ぐばかり」。耳はこの歌の前後の作にも出てくる。それをあげてみよう。

耳よりも鋭く聴きし森の空水にぬれたる青き夕映え

樹木らの耳さとき夜かうかうと水に映りて死者の影渡る

水波の暗きをわけて浮び来るやはき耳もつ稚き死者ら

これらの耳は森そのもののようでもあり、また、森のしんかんとした空間に立つ樹木の耳、さらには稚き死者の耳へと作者の思いは広がっていく。この連作のモチーフは題にもなっているごとく、水であり、森や湖という空間であり、その上の青い空であり、そして、死者である。

あと何首かあげてみよう。

水のみの映せる時空の暗がりに腰かけゐる者のあなうら見ゆる

満ちてくる胸の高さの水寒し水泡のごとくいのち逝かせし

この水の冥きを問へば水底に髪揺られつつ死児は呼びゐむ
誰のものにもあらざるその子かなしみのきはまる時に呼ばむ名もなし

こんな悲しい歌を、河野裕子はその初期から作っているのであった。ここに出てくる水や湖、そして死といったテーマは、以後ずっとうたい続けられていく。

この「みづ」と題された一連の少し前に「血」と題された連作もある。血という言葉がたくさん出てくるちょっと異質な雰囲気をもった一連である。ここには、

血を分けて何を祈らむ　闇中に見えざる忌日されど満天の星
誰からも祝福されぬ闇の忌日　あたたかくいのち触れつつ断つ他は無し
血の海を血もて汚せし悔しさの癒えざるままに長き雨期至る
喪ふものすでになくせし頭に高くわれらが二十三の夏の陽ありき

彼女は、こうした悲しい一連の歌の中の一首を歌集名としている。森のようにどっしりとして何物をも受け入れ、そして獣のように自分の意志のままに生きたい。歌集名にそんな願いを込めた作者の気持ちを私は思う。

古谷智子の『河野裕子の歌』（雁書館）から、これらの作について触れた部分をあげておこう。「すがやかに明るいだけでない河野の内面の闇が、ここにはある。河野は『闇の忌日』について、流産でも死産でもなく、はじめて身ごもりながら心理的に追いつめられ、やむなく自殺未遂をしたことを告白している（「路上」）。産むことに、周囲の強い反対があったのだろう」（右の古谷の文章中に見られる「路上」は、佐藤通雅が発行している雑誌の名前で、その五十七号〈平成元年九月〉で佐藤からインタビューを受けた河野の答えを言っている。）

2

『森のやうに獣のやうに』の巻頭歌は、よく知られた次の一首である。

逆立ちしておまへがおれを眺めてた　たつた一度きりのあの夏のこと

この歌を巻頭に置くように勧めたのは夫の永田和宏だったと、河野自身が『私の会った人びと』（本阿弥書店）の「永田和宏」の項で言っている。

この一首についての彼女の自歌自注があるので、それを紹介しよう。『シリーズ　牧水賞の歌人たち・7　河野裕子』（青磁社）に収録されているものである。

「高校二年のときに、この歌のもとになるような詩を作ったことがある。手元からなくなってしまったけれども、きれぎれのフレーズは覚えている。

夏の乾いた広い川原／逆立ちして／おまえがおれを眺めてた／たった一回の夏の日に／カニたちがドッテコドッテコ／おれたちの股のあいだをくぐっていったんだ

小学生のころから、宮沢賢治が好きであったから、その影響はドッテコドッテコあたりに出ているのだろう。この歌のモデルという人物はなく、ただ、真夏の乾いた川原の情景は、灼けつくような記憶とともにある。この歌の原風景はそのようなものであるが、大学に入ってしばらくしたころ、何の拍子にか出来た歌である」

この歌の「おまへ」「おれ」といった男のような言い方や、「たつた一度きり」といった思い入れなどから今風の恋に結び付ける鑑賞があり、それも間違いではないが、私は以前から、高校生くらいの男女のあるときの出会いが軽い驚きの気持ちでうたわれているのだろうと思ってきた。だからこの自注には納得したのであった。

ただ、私が昔からこの一首に抱いていた疑問の一つは、逆立ちが、眺めるというような、そんな長い時間できるものだろうか、ということであった。だから、これは校舎の壁などに身を寄せて倒立しているのではないか、と思ったのである。彼女の自注によると川原であるから、ちょっと困ってしまった。川原にもそんな所があったのかもしれない。川原の真ん中で逆立ちして彼女を眺めていたのであれば、それはすごいことである。
それはともかく、この明るく若々しい一首は、巻頭に置かれることによって光を放っている。そのすぐあとには高校生時代の寂しい病気の歌がくるのだが、そうした後ろ向きの歌は影が薄くなり、次にあげるような元気な歌が彼女の歌として注目を集めるようになったからである。

たとへば君　ガサッと落葉すくふやうに私をさらつて行つてはくれぬか
わが頬を打ちたるのちにわらわらと泣きたきごとき表情をせり
息あらく寄り来しときの瞳(め)の中の火矢のごときを見てしまひたり
ブラウスの中まで明かるき初夏の日にけぶれるごときわが乳房あり
陽の下にわれを待ちゐし長身は薔薇の芽嗅ぐと不意にかがみぬ
かばひくるる君が傍へにあはあはとひるがほのごと明かりてゐたり

こうした歌に見られる、明るくて線の太い抒情は彼女独特のものであり、多くの人の共感を得た。こうした資質は彼女生来のものとも言えるが、一方では、先に見たような暗い自分を必死で押さえ込んで自らを励まし続けた結果、得られた表現の世界とも言うことができる。

3

初期の歌の代表作の一つと言われている次の一首について見てみよう。

たとへば君　ガサツと落葉すくふやうに私をさらつて行つてはくれぬか

この歌について河野は『私の会った人びと』の「永田和宏」の項で、塚本邦雄の歌からの影響だと言っている。

「『水葬物語』の〈しかもなほ雨、ひとらみな十字架をうつしづかなる釘音きけり〉を読んだときに世のなかが半分ひっくりかえりましたね。短歌というものはこんなに自由に言葉が使えて、こんなに虚構の世界をしっかり作り出せる詩型なのかと深く印象に残りました」「塚本のこの歌の『しかもなほ雨、』という思いきった初句に触発されて作ったのです。キザな言い方ですが、灼けつくような読書体験でした」と言っている。

塚本の『水葬物語』には、この「しかもなほ雨、」という歌のほかにも、

つひにバベルの塔、水中に淡黄の燈をともし——若き大工は死せり

貴族らは夕日を　火夫はひるがほを　少女はひとで恋へり。海にて

卓上に旧約、妻のくちびるはとほい鹹湖の暁（あけ）の睡りを

など、さまざまに工夫をこらした歌がたくさん見られ、この手法は以後の塚本の歌集にも頻出するので、河野の歌もそれほど驚かれることなく受け入れられる基盤はできていたものと思われる。

しかし、河野の「たとへば君」といった初句は確かに新鮮であり、こんなふうに若い少女から言われた男性はちょっと怯んでしまうのではないかとさえ思う。「さらつて行つてはくれぬか」というのは口語なのか文語なのか、その混合体としてのダイナミックな感じ（ちょっとふんぞりかえって頼んでいるような、威張った感じの可愛さ）がうまく出ているし、「ガサツと落葉すくふやうに」といった直截的な比喩の魅力は、この歌集の至るところに見られる彼女の技法の一つである。

河野が塚本邦雄の歌を熱心に読んでいたであろうことは、『森のやうに獣のやうに』のいろんな個所にあらわれている。次のような歌はその影響下にあると見ていいだろう。

湯の中にうぶ毛のひかる四肢放ち母がわれを産みし年に近づく

逆光に耳ばかりふたつ燃えてゐる寡黙のひとりをひそかに憎む
産み終へし母の四肢やはく沈めつつ未明万緑いまだくらかりき
産み終へし母が内耳の奥ふかく鳴き澄みをりしひとつかなかな
あかがねの腕(かひな)を砂上の櫂として漁夫炎昼の影をよぎれり
片耳がしづかに立ちて睡りゐる熱い砂上の緋の受信室

これらの歌には塚本邦雄の影が感じられるが、なかには塚本というより岡井隆の影響ではないかと思われる歌も見られる。岡井の、

産みおうる一瞬母の四肢鳴りてあしたの丘のうらわかき楡
つややかに思想に向きて開ききるまだおさなくて燃え易き耳
『土地よ、痛みを負え』

といった歌を思い出しながら言っているのだが、果たしてどうだろうか。彼女は、いろんな面から前衛短歌の影響を受けていたと見ていいだろう。
三、四首目の「産み終へし」の歌については、第二歌集『ひるがほ』さらには後々の歌集にまでつながってゆくものがあり、また別の機会に触れることになると思う。

しかし言えることは、河野は先進よりの影響を受けながらも、それらとは違う世界を切り開いていった。それは、前衛派の歌人たちが試みた「虚構の世界」ではなかったということが大切な点である。

河野の後々の歌集についてちょっと触れたのでついでに書いておけば、河野の第十三歌集は『母系』と名付けられているが、この「母系」という言葉はすでに『森のやうに獣のやうに』の中に二例も見られるのである。それらは次のような歌である。

水かがみしわしわ歪むゆふまぐれわれにありたる母系も絶えぬ

星ごよみ壁に古びぬ母系こそ血もて絶たれし母の又母の家

これらの歌は、前回に触れた彼女の悲しい体験を踏まえてうたわれており、比喩でもなんでもない具体なのであった。最初にあげた「たとへば君」の歌のような活発な若い作者像の裏側に、常に悲しいもう一人の作者がいる。それを忘れてはならないだろう。

『シリーズ　牧水賞の歌人たち・7　河野裕子』（青磁社刊）の中で永田和宏が「女系四代」という文章を書き、河野の家のいっぷう変わった四代の女傑について紹介しているが、これを読むと河野の歌に見られるこだわりもよくわかる。このこだわりは次の歌集『ひるがほ』によって一旦は消滅するが、後年になって再び歌集名として復活してくるわけである。

4

知る限りの汝れはわがものわが知らぬ時と所で他人の顔をしてゐよ
言ひかけて開きし唇の濡れをれば今しばしわれを娶らずにゐよ

『森のやうに獣のやうに』の終わり近くに右のような歌が見られる。恋人を独占したくて、自信はあるけれど、でもちょっと心配、といった虚勢を張っているような若い女性の可愛らしさが出ている。

不思議なのは、こうした歌と前後して次のような歌もまた多く見られることである。

水のごと昏れゆく塔よここにしてかの日逢ひにき稚かりにき
わななきて言はむとしたるそのことば知りゐしゆゑにひとは愛(かな)しき
海くさき髪なげかけてかき抱く汝が胸くらき音叉のごとし

これらの歌の成熟した雰囲気は、前の二首のじゃじゃ馬ぶりとはまったく違っている。彼女の歌の振幅の大きさを私はこんなところにも感じる。
どちらも河野裕子自身であり、そのときどきに一瞬の飛躍をしていろんな面が出てくるが、読者の印象に残るのは常に元気いっぱいに顔をあげた彼女の歌、ということになるのだろう。
『森のやうに獣のやうに』のあとがきには、次のように書かれている。

ひとりのひととの出逢いが私を決定的に短歌に結びつけてしまった。以後、多くの相聞歌を作り続けて来た。恋人に与えるただ一首の相聞歌を作ろうと思ったこともあったが、とうとうそれはできなかった。誰かの為に、何かの為に、という大義名分では決して短歌は作れるものではない。短歌はもっとつきつめた、ひとりぼっちなものだと思う。／誰の為にも私は短歌を作るまい。まして相聞はと思うのである。それは女の生き方の一種のいさぎよさ、真摯さではあるまいかと思うのである。

この文章を読むと、私はどうしても彼女の最後の歌を思い出してしまう。
永田和宏が口述筆記をして残されたという河野裕子の最後の一首である。

手をのべてあなたとあなたに触れたきに息が足りないこの世の息が　『蟬声』

この歌の「あなた」は夫の永田和宏だろう。最初の「あなた」は呼びかけの「あなた」である。『森のやうに獣のやうに』のあとがきを読んだ目から見ると、この歌は、河野裕子が恋人に与えた最後の相聞歌のようにも映る。

彼女の言うとおり、短歌は確かに「もっとつきつめた、ひとりぼっちなもの」だけれど、この歌を作ることによって河野裕子は、「たとへば君」の場合と同じように精一杯の呼び掛けを相手に対して行い、そうすることによって自身は満足し、救われたのだろう。そんなふうにも、読む側は思うことができる。最初と最後が呼応して響きあっている。

これが小説の筋であったら、出来すぎていると思う人も多いだろう。それくらい見事に呼応している。

彼女の歌人としての生き方は実に一貫していたと、私は思わざるを得ない。

『ひるがほ』

1

『ひるがほ』は河野裕子の第二歌集で、昭和五十一年十月に短歌新聞社から発行されている。昭和四十七年から五十一年初めまでの作、三八六首が収録されている。歌集発行時、彼女は三十歳になったばかりである。

あとがきには次のように書かれている。

「『森のやうに獣のやうに』上梓の後の五年間に、私は生涯の伴侶と二人の子供たちを得ました。この者たちは、それまで狭小なおのれひとりの世界に閉じこもっていた私に、様ざまなものを与えてくれました。それは、連帯の暖かさや、信頼の確かさでもあり、又、未生の時間をおのが胎内に包みつつ生きることの、重たさ暗さでもあり、又、いのちというものが明日へ育ちゆくということの明るさを、まのあたりにすることでもありました。しかし、これらのことよりももっと大事なことは、私をより私に近い所につれて行ってくれたことだと思います。この私自身に至る、ということは、私自身から創まる歌をつくるということであり、それを自らに課するということです」

このように述べる彼女の姿勢は、妻となり母親となったひとりの女性の言葉として、実にまっとうなものであり、多くの女性に共通する感覚と言えるだろう。

ただ、違うのは「しかし、これらのことよりももっと大事なことは」以下に述べられている考え方で、ここにこそ彼女独自の姿勢があると言えるだろう。

「私自身から創まる歌」とは何であろうか。それは、あとがきのこのあとの文章で、「今まで求めても得られなかったもの、見ようとして見えなかったものは、つづまるところ私自身の内側にしか無いのだということに、ようやく思い至ったからです」と書かれている姿勢からも推し量ることができる。

まっとうな妻、母としての自覚を基盤として、この自信に満ちた彼女の自得の言葉を読むと、ここにこそ、彼女の歌が多くの人の共感を得た理由があるように私には思われてくる。

まがなしくいのち二つとなりし身を泉のごとき夜の湯に浸す
何ならむこのかなしみの源の血を分けし子の胎に動くは
みごもりて宿せる大きかなしみの核のごときを重く撫でゐつ
逝かせし子と生まれ来る子と未生なる闇のいづくにすれちがひしか

これは最初の子をみごもったときの歌で、『ひるがほ』の初めのほうに見られる。喜びとともに、言葉にはあらわしがたいかなしみもうたわれている。一首目の歌の「泉のごとき夜の湯」や三首目の歌の「かなしみの核のごとき」といった比喩に初々しい気持ちが出ている。

四首目の歌は、『森のやうに獣のやうに』の中の「誰のものにもあらざるその子かなしみのきはまる時に呼ばむ名もなし」の歌に代表されるような彼女の悲しみの体験を踏まえてうたわれている。「闇のいづくにすれちがひしか」という下句の表現は、詩的な空想に過ぎるという意見があるのかもしれないが、こんなふうに思わざるを得ない彼女の悲しみはしっかりと伝わってくる一首である。

そして次に、

しんしんとひとすぢ続く蟬のこゑ産みたる後の薄明に聴こゆ
蟬のこゑは冥きものかな命ひとつ産み終ふるまで耳朶を打ちゐき

こうした出産の歌が続く。私たちはすでに彼女の、産み終へし母が内耳の奥ふかく鳴き澄みをりしひとつかなかな　『森のやうに獣のやうに』

といった歌を知っており、母から自分へ、そして自分から子へとつながってゆく生命の流れのなかでじっと蟬の声を聞いている彼女の姿を思い浮かべることができる。

「聴こゆ」という言葉の使い方から、私は「聴く」という意味に込めた彼女の強い意志のようなものを感じるが、同時に「薄明」という言葉からも、佐藤佐太郎の、

薄明のわが意識にてきこえくる青杉を焚く音とおもひき　『歩道』

を連想し、朦朧とした意識のなかで耳だけがしっかりと聞きとめている作者のありようをさまざまに想像しながら一首を鑑賞する。

また、「しんしんとひとすぢ続く蟬のこゑ」といった表現にはアララギの斎藤茂吉以来の積み重ねがあり、そうした総合的な表現のふくらみが、この歌を豊かなものにしていると私は考える。

先に彼女の「私自身から創まる歌」という言葉を紹介したが、それは、これまでの豊かな短歌の表現を自らに吸収しつつ更にその上に自分の世界を築き上げるといった創作の行為であって、彼女の言葉は自分自身への信頼の上に成り立っているものなのだと言えるだろう。

2

河野裕子は昭和四十七年、『森のやうに獣のやうに』刊行後、永田和宏と結婚。永田の仕事の関係から横浜市に転居し、アパート暮らしを始める。京都に慣れ親しんだ彼女が関東の暮らしになかなか適応できなかったらしいことは想像に難くない。

翌昭和四十八年、角川書店の「短歌」十月号の座談会「女歌その後」に出席する。メンバーは、馬場あき子・大西民子・河野愛子・三國玲子・北沢郁子・富小路禎子・河野裕子で、河野裕子はこのとき二十七歳。ほかのメンバーは皆二十歳ほど上の世代の人たちであった。彼女は妊娠中で、大きなお腹を抱えて出席したという。

このときの彼女の発言を、『体あたり現代短歌』（河野裕子）の解説として当事者の一人である馬場あき子が次のように書いている。

「この座談会は〈女歌〉の展開にとって大切な座談会だったと考えるが、愉快だったのは、たまたま私が女の発想の原点にふれて、『産むということを通して生を問うんじゃないの』と言ったのを引き取って、裕子さんが次のようにつづけていることである。『私いまこんなにしておなかが大きくなってみると、いままで全然知らなかった世界が出てくる。それがどんなことかといえば、一番思うのは生と一緒に死というものもはらんでしまったという、その暗さというものはとうてい男にはわからないんじゃないかなァって気がするの』」。

私はこの部分を読んで、河野裕子は実にまっとうな普通のことを言っているだけなのに、なぜ、このように話題となってしまったのだろうか、ということを思った。それは馬場あき子も書いているごとく、ありうる〈女歌〉の場を求めて「どちらかといえば〈女歌の〉方法や観念や思想や文体や美意識をさぐろうとした」座談会であったのに、河野の発言だけがちょっと次元の違うところから発せられているのであった。この座談会のメンバーがたまたま子供を持たない人たちばかりであったということも原因の一つだろうか。この場での河野裕子は、異質な新人類のような存在であったろう。

この座談会のメンバーのひとりである河野愛子は、若い頃から結核を病んで死と隣り合わせの生き方をしてきた。そんな彼女が河野裕子のこの発言を聞きつつ、嫉妬感の入り混じった憎悪のようなものを感じたとしても不思議ではないだろう。

日常的な普通の会話としては、母親が子供の死を思わないことはなく、また、産むということが死と密接な関係にあることは多くの人が普通に理解していることである。そういうまっとうな常識を背景として、河野裕子は思うところを率直に自分自身の言葉として表現した。

当たり前のこととして多くの人が普通に納得する言葉であるのに、それを、これほどまでに率直かつ簡潔に自分の言葉として発言した人はいなかった。たぶん、そこが驚きの原因ではなかったのかと私は想像する。彼女の発言は一般論として決して突飛なものではなく、多くの共感者を背景に持った普通の言葉としてじわじわとした重みをもって広がっていったのではないだろうか。

先に紹介した『ひるがほ』のあとがきの言葉も、妻として母として実にまっとうな立場から発せられたものであった。それが、或るところから彼女独自の世界へと入ってゆく。「生と一緒に死というものもはらんでしまった」という発言にしても、この発言の重みを支えているのは彼女の作品そのものであり、歌人としての存在感あってのことだったろう。

つまり、彼女の作品や発言を前にして、今までに存在しなかった異質な、論を超えた表現力ある若者が出現してきたと、多くの人が瞠目したのであった。

『ひるがほ』は第二十一回現代歌人協会賞を受賞しているが、それ以前の受賞者を見ると大家増三・竹内邦雄・細川謙三といった壮年の男性歌人ばかりである。彼女の出現がいかにインパクトの強いものであったか、ここからも想像することができるだろう。

3

汝が胸の寂しき影のそのあたりきりん草の影かはみ出してゐる

わが裡の何を欲りせる抱擁の泳ぐやうなる腕の形よ

燭近く眼のちり取りてやりし後不意になまなまと妻と思ひつ

君は今小さき水たまりをまたぎしかわが磨く匙のふと暗みたり

最初にあげた歌は『ひるがほ』の巻頭に置かれている一首である。繊細な目の動きを感じ取ることができる。地面に伸びた相手の影の胸のあたりに、何かそよぎながらはみ出している影がある。ああ、きりん草の影なんだ、といったニュアンスの一首だろう。私は、二人が川の土手などに座っている光景を想像しながら鑑賞した。

「寂しき影」と言っているところなど、やや感情過多のような気もするが、いろいろと相手の心を憶測している若い妻の情愛が、ひっそりと感じられる歌である。

二首目の歌では、相手の腕を見ている。私のなかの何を欲しているのだろうか、という上句の思いには若い妻の初々しい心のありようが出ている。また、「抱擁の泳ぐやうなる」という形容もなかなか新鮮である。

その次の歌には「妻」という言葉が出てくる。たぶん河野の歌では珍しいほうに入るだろう。上句の場面から下句へ「不意になまなまと」と続いていくあたり、さもありなんという実感が伝わってくる。

最後にあげた歌、私はこの中ではいちばん好きである。相手が水たまりをまたぐことと、自分の手にある匙がふと暗むこととはなんの関係もないはずだが、そのように思ってしまう、初々しい妻の心のありようが健気である。

常に夫のことを思っている河野らしい歌の典型と言える一首だろう。

いっぽう、こうした素直な歌が逆転して激しい歌となって噴出してくるのも河野の歌の特徴である。

づきづきと脈打つばかりひと一人憎みて熱き湯からあがりつ
殺しても足らざる程にひと一人憎みて生きいきとなりゆく吾か

「づきづきと脈打つばかり」とは実感のこもった言い方である。こんなにも心を込めて相手を憎むことができ、また、それを言葉として表現できるのはたいしたものである。河野の歌は振幅が激しいが、そのどちらにも真実があり、共に全身をかけて表現していると言えるだろう。

では、以上のような両極端の歌の間にある、次のような歌はどうだろうか。

眠りゐる汝が背にのばすわが腕を寂しき夜の架橋と思ふ
夕暗む部屋にしづかにシャツ脱ぎて若きキリンのやうな背をせり
わがものなるひとりの男さばさばと陽の雫はらひ大股に来る

君は君の体温のうちに睡りゐてかかる寂しさのぬくみに触(さや)る

一首目の歌には、落ち着いた大人の夫婦としての雰囲気がある。最初にあげた歌の二首目では「抱擁の泳ぐやうなる」と相手の腕を形容しているが、この歌では、自らの腕を「寂しき夜の架橋」ととらえて、夫婦のひとときを思っている。以下の歌に見える夫の姿にも、初々しい妻の視線というよりはもう少し成熟した女性の目を思わせるものがある。たぶん、こうした世界が、今後いっそう深められてゆくことになるのだろう。

最後にあげた歌に見える下句「寂しさのぬくみに触(さや)る」はしみじみとしたいい表現である。寂しさがいろんなかたちでうたわれているのは、前歌集からの通奏低音と見ていいだろう。

4

以上、河野が夫をうたった歌、夫婦の歌を中心に見てきたが、この『ひるがほ』には、ほかにもさまざまな工夫を試みた歌が収められている。

最初から見てゆくと、「れんげの歌」十六首、「黙契」四十五首、「ひるがほ」二十二首、「菜の花」十五首などが意図的に作られた連作のようである。このなかで、表現上の工夫がよくわかるのは「れんげの歌」と「菜の花」であろうか。どちらも連作の展開として第一首から最後の歌までかなり意図的に構成されている。
「菜の花」から五首をあげてみよう。

菜の花の暗さあかるさ振り返り追憶の中に常見失ふ道
菜の花かのいちめんの菜の花にひがな隠れて鬼を待ちゐき
その背ゆらと菜の花はすぐに隠してしまふ鬼は恍となのはなのなか
鬼なることのひとり鬼待つことのひとりしんしんと菜の花畑なのはなのはな
菜の花の畑を出でしほのかなる夕べの月はなのはなのにほひ

最初の歌と最後の歌は一連十五首の中でも最初と最後に置かれている。最初の一首は普通の出だしで、次の歌は初句が「菜の花」と四音。「菜の花」の繰り返しの後に「鬼」が出てくる。三首目は初句が「その背ゆらと」と六音。以下、八音・七音・六音・七音と不思議なリズムとなっている。そして結句に登場する平仮名の「なのはな」は以下のどの歌にも繰り返し出てくる。
その次の歌の音数も調べてみよう。「鬼なることのひとり（十音）鬼待つことのひとり（十音）しんしんと（五音）菜の花畑（七音）なのはなのはな（七音）」。初句と第二句の対表現は、異世界へ入っていこうとする自らをこのような破調の呪文によってあらわそうとしたのだろう。結句の「なのはなのはな」も呪文のようで、さらに効果をあげている。最後の歌は普通に終息されているが、それでも第五句の「なのはなのにほひ」はこの連作の終わりとして不思議な余韻をただよわせている。

もう一つの大連作「黙契」も見てみよう。最初に大伯皇女の万葉集巻二の歌「磯の上に生ふる馬酔木を手折らめど見すべき君がありと言はなくに」が置かれている。この歌はすでに弟の大津皇子が亡くなったあとにうたわれた歌である。この美しい馬酔木の花を見せたくても、もう君はこの世にはいないという嘆きである。

この歌のあとに、河野が大伯皇女に思いを寄せてうたった歌が続き、次いで、なかほどに今度は大津皇子の万葉集巻三の歌「百伝ふ磐余（いはれ）の池に鳴く鴨を今日のみ見てや雲がくりなむ」や、臨終の際の五言絶句などが置かれている。そして、やはり河野の大伯皇女になり代わってうたった大津の死を悲しむ歌が続いている。大津はこの歌で、今日かぎりで自分は死ぬのかと嘆いている。万葉集では大津皇子の歌のほうがあとに出てくるが、歌物語としては大津の歌のほうが先で、ついで、大伯皇女の歌が出てくるべきである。そこが逆になっているし、河野の歌は心理的な思い入れはわかるものの、今言ったような物語の流れとしては弱いところがある。

どうも、河野はこういう物語的な手法は苦手であったようだ。心理的な思い入れとしては深いところまで言っている歌もあるので、一首一首の内容はともかく、連作としての魅力という点から言うと、今ひとつ乏しいということになるのかもしれない。
　河野のこうした試みの先蹤として、倭建命をうたった宮柊二の「悲歌」（『群鶏』所収）があるが、その最初の一首は、

　　吾(あ)に死ねとおもほし召せか西平(ことむ)け尚し征(や)はせと東(あづま)の国を

というよく知られた歌で、以下、歌物語風に一連が展開してゆく。そうした構成力は、河野にはないように思われた。最後に、「黙契」から良いと思った作をあげる。

　　秋ぼたる掌の窪にのせ嘆くとき蒼きひかりは指の間を洩る
　　髪羞(やさ)し汝が挿しくれしひるがほもひかりあえかにゆふべは萎えぬ
　　ひりひりと痛きわが血よ斬られたる汝が血を吸ひし土に西日差す
　　水潜り遊べる鴨の鳴くこゑを汝が最後(いやはて)の耳とし聴かむ
　　冥き黄泉路(よみぢ)に吾(あ)を振り返り何か言ひし寂しきこゑに夢よりさめつ

　どの歌も、大伯皇女の心と同化して、深いところで実感されているのがわかる。大伯皇女を通

して、彼女自身の悲しみの歌として、それぞれが独立しているとも言えるだろう。

『桜森』

1

『桜森』の巻頭の歌は、よく知られた、

たつぷりと真水を抱きてしづもれる昏き器を近江と言へり

である。

第一歌集『森のやうに獣のやうに』の巻頭歌が「逆立ちしておまへがおれを眺めてた　たった一度きりのあの夏のこと」であって、この歌が河野の第一歌集のイメージにかなりの影響を与えたように、この「たつぷりと」という巻頭歌も『桜森』の全体像に大きな影響を与えたと言えるだろう。琵琶湖を内に抱いて昏くしずもっている近江という国の不思議な空間、豊かさのようなものを感じさせるスケールの大きな歌で、この歌から受ける印象が、そのまま歌集『桜森』の世界へとつながっていっているような感じさえしてしまう。

私はそうした歌の流れに興味をおぼえたので、最初の歌の印象を大事にしつつ以下の歌を読み進んでいった。巻頭の歌の次にくる歌は、

夜の扉わづか開きてのぞきゐし夕映えは杳(とほ)き華やぎに似る

この歌は、扉の狭いあいだから外に広がってゆく夕映えを見ていて、巻頭の歌の包み込むようなふくらみとは逆の小から大への広がり方を見せている。なるほどと思って読み進むのだが、その後の展開は私の期待を裏切ってこんな具合に進んでゆく。

逆光に立てるわが子よわれの血を継ぎたる肉のかくも暗くて
時として逆光の中に入れる時陽の中の子らの死の翼見ゆ
夜の薔薇のごとき弾痕に飾られて白堊の大使館ふかくしづもる
夜天快晴のこの青さ　人も居ぬ鳥も居ぬ万華鏡夜ふけに覗く
背を向けて答へぬひとよ崖(きりぎし)もその背のやうには夕焼けをらぬ
きりきりと絞りし弓とこたへむに肉を越ええぬわれの寒さは
たのむべくは未来にあらずみづからの脂浮く湯を頭(づ)より浴びつつ

と、こんな展開になって、最初に並んでいる子供をうたった二首は、もはや新鮮味の感じられない雰囲気である。

その次の「夜の薔薇」と「弾痕」、この様式美は塚本邦雄を思わせる。その次の歌の「万華鏡」にも塚本の影を感じるが、「人も居ぬ鳥も居ぬ」という強引な言い方に、寂しい河野自身の叫びを聞くことはできるだろう。そのあとの歌などから、ようやく河野自身の素顔のようなものが見え始めてくるように私には感じられた。

巻頭の一首は、しっかりと計算された上で置かれたのだが、この一首を支えるべく配されたあとの歌が硬直してしまって、うまく流れに乗れないでいる。そんな感じなのである。

この「たつぷりと」の歌について河野自身は次のように書いている。

「それほどいい歌だと思っていなかったし、永田和宏も三角の印をつけていた。それがいつの間にか、一人歩きをしてわたしの歌の代表歌のようになってしまった。歌の運命ということを考えるのである。作ったのは、二十九歳のとき。結婚して、横浜、東京と転居を重ねたが、どうにも東京の風土には馴染めなかった。からんとした広い関東平野には、隠れ場所となるような山もなく、風が強く、途方に暮れていた。しまいには、水辺の風景や、そよいでいる樹木の幻覚まで見えるようになった。そんなとき、五歳から二十五歳まで暮らした近江の国の風土を思いださないではいられなかった。真夏でも、空のどこかはしんと昏く、しずもっていて、あの静けさ昏さは琵琶湖があったためであると気がついた。離れてしまって、はじめて見えてくる風土というものがある」（『牧水賞の歌人たち・七　河野裕子』所収「自歌自注」）

この河野の文章を読むと、多くの人が作者の現場を離れてしまってずいぶんと観念的・文学的にこの歌を鑑賞していることに気づく。この歌の根本には故郷を恋う河野の思いが込められており、それがこの歌に命を与えているのであった。歌集刊行当時、河野自身も永田もそれほどには思っていなかった一首のようであるが、河野の望郷の思いだけは、ちょっと違ったかたちにおいてではあるが、読者にしっかりと伝わったのだと言えるだろう。

2

『桜森』は河野裕子の第三歌集で、昭和五十五年（一九八〇）八月五日に蒼土舎から発行されている。二二八頁。三五三首収録。四六判函装で装幀は末永隆生。昭和五十六年五月十一日に並装版が刊行されているという。

あとがきは短く、こんなことが書かれている。

「第二歌集『ひるがほ』上梓より三年間の作品から、三百余首を選び、ここに『桜森』と致しました。この三年間、何か得体の知れぬ衝迫に始終つき動かされて作歌して来たような気がします。理屈も分別も越えた或る物狂おしさ、とでもいえるものですが、これは今後も変ることなく、私の作歌の原動力となるものと思われます」

彼女の言わんとすることはわかるが、どこかぎくしゃくとした、硬直した印象を受ける。何かバランスを欠いて、必死に物を言っているような感じである。

河野はこの時期、同じような雰囲気の文章を書いている。「短歌」昭和五十四年五月号に掲載された「いのちを見つめる」という文章である。この文章は『体あたり現代短歌』の中に収録されているので、そちらから引用してみよう。それは、岡本かの子の歌を鑑賞する河野の姿勢のなかに感じられる気息である。

河野は岡本かの子の「桜ばないのち一ぱいに咲くからに生命(いのち)をかけてわが眺めたり」という歌に対してこんなことを言っている。

「生命の混沌をいちどに噴きあげて咲く豪華な満開の桜には、どこか白日の空虚、鬱、退廃に繋がる、いのちの極まり切った瞬間の美しさがある。〈略〉自分のいのちと桜をせり合わせるかのように対応させた表現は、あまりに無防備で、天真爛漫なものであろうが、しかし、一首に生動している、ひたむきさと、リズムは、激しいあえぎとなって有無をいわさず、読者をかの子の世界にひきずりこんでしまう。こういった強引な臆面のなさは、ひとつまちがえば、鼻もちならぬ独善におちいってしまうものであるが、そのぎりぎりのところから展開されるのは、全く独自な、肉感的とでもいうべき原色の世界である。〈略〉かの子には、おのれ自身でさえ制御不可能な、滅裂な情熱と混沌があったにちがいない」

岡本かの子を評してこのように書く河野の心中に、かの子と同じような制御不可能な滅裂な情熱と混沌があった。それはまちがいのないところであろう。

そしてもうひとつ。

かの子の次のような歌、「かゝの子かゝの子はや泣きやめて淋しげに添ひ臥す雛に子守歌せよ」などを鑑賞して、「八方破れ、支離滅裂、豪華絢爛、大胆奔放、どのようにでも評価できるかの子のいのちは、子を抱きつつ子を突き抜ける、エネルギーのほとばしりであり、更にそれは見事に自在に、おのれに回収しうるものだった」と書き、また、五島美代子の母の歌を評して「美代子を歌の鬼とさせたもの、それは吾子という対象であった。そしてつづまりは、美代子の母の歌は、〈子〉というおのれを愛する歌であった。〈子〉という対象を歌い続けることによって、自分自身のいのちの表裏を炙り出し、自分を励まし、揺すり続け、問い続けた。美代子が、一筋に狭く、自らの血の絆にのみ執したのはこの為である」と書く。

ここまで引用してきて思うに、これは、まるで河野裕子が自分自身を語っているのではないのか、とさえ感じられてくる。

『桜森』には、

君を打ち子を打ち灼けるごとき掌よざんざんばらんと髪とき眠る

子がわれかわれが子なのかわからぬまで子を抱き湯に入り子を抱き眠る

夕日照る門辺に泣く子われの子その子かばひてやらぬぞいつまでも泣け

頰を打ち尻打ちかき抱き眠る夜夜われが火種の二人子太る

身一つにありし日日には知らざりき日向にても子を見喪ふことを

といった、よく知られた歌がたくさんある。このような歌の背景は比較的わかりやすいが、この『桜森』という歌集には、もっと支離滅裂な「情熱と混沌」に満ちた歌が多く見られる。それらの歌の根底に横たわるものは何なのか。次には、そうした歌をあげて鑑賞してみたいと思う。

3

『桜森』の初めのほうに、

二人子を抱きてなほも剰る腕汝れらが父のかなしみも容る

という、よく知られた力強い歌があるが、この歌はその前後に置かれた歌と共鳴して響き合っている。

前の歌には、

妻子なく職なき若き日のごとく未だしなしなと傷みやすく居る

とあって、頼りない感じの夫がうたわれている。そして、後ろに置かれている歌は、

君を打ち子を打ち灼けるごとき掌よざんざんばらんと髪とき眠る

である。真ん中に置かれた「二人子を」の歌は、「父のかなしみも容る」と表現してその前の歌の「傷みやすく居る」夫を優しく受け入れ、あとの歌では、逆に「君を打ち」と夫を励ましている。

河野の歌には、このように揺れ動く自分の気持ちをさまざまにうたった歌が前後して置かれていることが多い。

こんな歌はどうだろうか。三番目の「斉唱」という章から引いてみよう。

この髪膚われを包みてわれとなすこのぐにやぐにやの湯の底のわれ
二日も三日も怒りて荒きわれの辺に小家族草のそよぎにも似る
噓さへもつけざる汝れのさやさやと額に翳置く髪見上げゐる
草いきれちぎり飛ばして駆けながらわれはわれを呼びかへしをり
一人(いちにん)の男に及かず抱き刈る夏草猛くむれて匂へど

一首目の歌では「われ」を三回繰り返し、しかも、「この」としっかり強調して自分の現在を確認している。その次には、何日も怒り続ける「われ」がきて、小家族を草のそよぎのようにも見ている。こういう人の家族として存在しなければならないとすれば辛いなあと思って読み進むと、次には「噓さへもつけざる汝れ」という歌が来る。事実はどうであってもいいので、思い込んだら一途といった作者の姿が見えてくる。

四首目では、再び「われ」に戻って、必死に自分を取り戻そうとしている。しかし、次にはまた「一人(いちにん)の男に及かず」と揺り返しがくる。自分の作歌時に湧く心の動きのままにうたわれているわけで、どれも真実なのであろう。具体的には何もうたわれていないが、作者の気息だけはちゃんと読む者に伝わってくる。

外部に目を向けて全力で働き続ける夫と、内部に籠もって家族や自分のことを中心にして思い続ける妻と、こういう普通に見られる夫婦関係の在りようを下敷きに置いて、これらの歌を鑑賞しても構わないだろう。作者はそれ以上の具体を表現の上で示そうとはしていないし、読者にもそういった面での理解を求めたりはしていない。

河野の思いがじりじりと昂じてくるのを感じつつ歌集を読み進むと、次に「花」という章がきて、歌集名ともなっている歌が最初に登場する。


わが胸をのぞかば胸のくらがりに桜森見ゆ吹雪きゐる見ゆ

という一首である。以下、初めのうちは桜の花の盛りを喜ぶ華麗な歌が続くが、だんだんに官能を願う世界に入っていって、

花たわわ咲き満つ空に呼び出だすわが相聞は今日も応へず
百年の余白のうへの花吹雪鎮まりがたく鬼を待つなり
あらはなるまなまと闇に触れさくらの下に人を待ちをり

ほのぐらき桜の下にひき入れて見上げし男の半顔見えぬ
くちづけて奪はむ殺(と)らむ抱きたる長身撓ひてあまりに若し
今叫けばば今駆け出さば桜森どうと吹雪きて吾を飲み込まむ

古典中の誰かの存在と現在の自分とを交差させながら幻想の世界をうたっているのだが、河野の苦しい欲求の気持ちが抑え切れないで、じわじわと染み出てきている。

2で触れた岡本かの子の歌の世界に通ずるものが、ここにはやはり見られるだろう。この時期、河野は岡本かの子や五島美代子の歌にかなり接近していると言える。

岡本かの子の桜の歌を少しあげてみよう。

桜ばないのち一(いっ)ぱいに咲くからに生命(いのち)をかけてわが眺めたり
さくら花ひたすらめづる片心(かたごころ)せちに敵(かたき)をおもひつつあり
朝ざくら討たば討たれむその時の臍(ほぞ)かためけりこの朝のさくら
あだかたきうらみそねみの畜生が桜花(さくら)見てありとわれに驚く
桜花(はな)さけど厨女房(くりやにょうぼう)いつしんに働きてあり釜ひかる厨(くりや)
けふ咲ける桜はわれに要あらじひとの嘘をばひたに数ふる

岡本かの子は、桜をうたっても林檎や牛・馬をうたっても、ちょっと度外れた、壊れたようなところがあり、異様である。河野は、そういうところからの影響は受けていないようだが、岡本の小説などにも漂っている不思議な朦朧とした情欲の世界に近いものを感ずる。
全体の雰囲気として、河野の思いこみは、かなり危うい状態にこの頃はあったのではないかと私には思える。

4

河野は、昭和五十二年の七月に高校時代からの親友であった河野里子が自死するという出来事に会う。その時のことをうたった歌が『桜森』の中の「炎天」という章に見られる。河野、三十一歳のときであった。

生まれし日もかく父母は枕辺にしづかに坐り汝を目守りしか
遺されし折紙の馬　うつむきて撫でやまぬ父よ馬は嘶(な)かぬを
一夜さを目守りもあへず罷り来し吾に子あれば生活あれば
今はもはや用なくなりし電話番号皿洗ふ水に気づけば書きゐし

少女のやうに逝きたりしかば年経りて吾娘のごとくに思ふ日あらむ

読んでいて、こちらの心が静まってくるようないい歌である。こうした歌を読んだのち、私は彼女の歌にやすらぎのようなものを感じることが多くなったように思う。

彼女の歌の振幅はまだまだ激しく、怒り・憎しみの歌の次に自己奮励・充足の歌が来るという繰り返しは相変わらず見られる。

そこにこそ彼女の歌の魅力があるという考え方にも納得するが、それでいて、やはりだんだんと静かなあきらめのような境地というか、人は人、自分は自分の道をそれぞれに歩んでいくしかないのだという覚悟のようなものを彼女の歌から感じるようになった。

ひき寄せて左右（さう）の火（ほ）あかり　子らのみが冬沼のごときわが日日照らす
突風の檣（ほばしら）のごときわが日日を共に揺れゐる二人子あはれ
まるく膨れ終日柿の枝に居る猫の退屈猫の憂鬱
振り向けば楯として立つ夜の鏡何も映すなわが背の他は
しらかみに大き楕円を描きし子は楕円に入りてひとり遊びす

歌集の最後のところから引いた。私はこれらの歌から一歩深くなった彼女の心の在りようを感ずる。こういうところから彼女の次の歌の世界が開けてくるのだろう。

最後にあげた「しらかみに」の歌は、なんでもないような歌だが、一冊を読んできた目には、なかなか雰囲気のよくなった彼女の世界と映る。こののちの河野の歌の方向を感じさせる一首と言っていいだろう。

『桜森』は、刊行の翌年に第五回現代女流短歌賞を受賞し、京都市の芸術新人賞も受けている。彼女は自分の歌の道に大きな自信を持ち、この方向でいいのだと思ったことだろう。苦難ののちの幸せな一冊と言える。

『はやりを』

1

河野裕子の第四歌集『はやりを』は昭和五十九年に短歌新聞社から刊行されている。同社企画の昭和歌人集成という三十八人の歌人の歌集を集めたシリーズの中の一冊である。裕子三十八歳、前歌集『桜森』の刊行より四年の月日が過ぎ、昭和五十五年七月から五十九年一月までに発表した作品が収められている。

この間、彼女の身辺にはさまざまな新しい事態が起こり、急速に歌の世界での仕事が開けてゆく。

その一つに、二冊の自選歌集をこの時期に出すという機会を得たことがある。一冊は昭和五十五年に短歌新聞社から現代歌人叢書として刊行された『燦』という歌集。これまでの三冊の歌集から約五〇〇首が選出されて収録されており、伊藤一彦が解説を書いている。もう一冊は昭和五十七に沖積舎より刊行された現代女流自選歌集叢書『あかねさす』である。こちらには『桜森』とそれ以後の歌から一二八首が収録されている。

三十代の若さで第一歌集から第三歌集までの自分の歌を読みなおし、それを自選するという機会を得たことは、その後の彼女の歌に何がしかの影響を与えたことは間違いないだろう。

そしてもう一つは、この時期にたくさんのシンポジウムが各地で開かれ、それらに彼女も参加することができたということである。年譜によって順番にあげてみると、

昭和五十五年、現代短歌シンポジウム（熊本）。

昭和五十六年、コロキウム・イン京都。

昭和五十七年、現代短歌シンポジウム（東京）。

昭和五十八年、シンポジウム「女・たんか・女」（名古屋）。

昭和五十九年、シンポジウム「歌うならば今」（京都）。


こんなふうにシンポジウムが毎年のように開かれており、ちょっとしたブームだったことがわかる。昭和五十六年のコロキウム・イン京都というのは永田和宏が企画したもので、佐佐木幸綱、高野公彦、小池光ら十数名がパネラーとして参加している。この会で河野裕子は中城ふみ子の歌について発表しているようだ。

昭和五十八年の名古屋でのシンポジウム「女・たんか・女」は、阿木津英、道浦母都子、永井

陽子に河野裕子が加わった討論で、司会が永田和宏。熱気にあふれた会で、この会が新しい女歌について論じられるきっかけとなり、翌年のシンポジウム「歌うならば今」へとつながってゆく。こちらは、シンポジウム「女・たんか・女」と同じメンバーによって企画・主催されたもので、河野裕子はその中心人物の一人ともなっている。

　こうしたシンポジウムが河野の短歌観に与えた影響にも少なからぬものがあるだろう。そしてこの中のメンバーである阿木津英や道浦母都子は、河野の『桜森』刊行と同じ昭和五十五年に、それぞれ『紫木蓮まで・風舌』、『無援の抒情』という歌集を刊行する。永井陽子の『樟の木のうた』は昭和五十八年の刊行である。こうした女性歌人たちの歩みの中心へ河野は入ってゆくこととなるわけである。

『はやりを』を見てみよう。「はやりを」とは「逸雄（はやりを）」であるとあとがきにある。そして、「この歌集制作時、私は周囲に幾人もの逸雄たちを見、鼓舞されることが多かった。そして、思うのであるが、男であっても、女であっても、逸雄の荒駆けのできる時期は、そう長いものではないのである」と続く。これは、今見てきたシンポジウムの季節を背景に置いて読むとよくわかる感慨である。

『はやりを』の終わり近くに「鬱の木」という一連がある。初出は「短歌現代」の昭和五十八年十一月号らしい。

こんな歌がある。

排泄と出産を同列に論じ言ふその正しさにおいて道浦母都子
断言明言かなしきかなや水の面のわが実像にポチャンと小石
べらぼうに食ひゐる幸綱箸とめて不意にギラリと人を量る眼
次つぎと壮年の仕事積みゆくはみな男にて頭よきかも
君と子らを掬ぎてしまへば及川氏言ふ鬱の見本のわれあるばかり

これらは、先にあげた昭和五十八年のシンポジウム「女・たんか・女」を踏まえていると見ていいだろう。二首目の「断言明言」の歌には、河野の寂しさ、違和感のようなものが出ている。最後の歌に出てくる「及川氏」は当時「短歌現代」の編集長だった及川隆彦だろう。「及川氏」はまた「心の花」の歌人晋樹隆彦でもあるから、この歌のように河野裕子のありようを評したわけである。河野の鬱は激しい反発をも伴うから、それが彼女に歌を作らせているとも言えるだろう。

ちょっと先回りして見ておくと、次の第五歌集『紅』の「犬の次郎」という一連の歌の中に、

しっかりと飯を食はせて陽にあてしふとんにくるみて寝かす仕合せ
良妻であること何で悪かろか日向の赤まま扱き(しご)て歩む

という歌が見られる。昭和六十一年ごろの作らしいが、歌の背景には先のシンポジウムなどがあると見ていいだろう。『紅』は、河野裕子がアメリカ生活を経ての新しい歌の世界を見せる歌集だが、その前の『はやりを』にはまだまだ鬱の見本のような河野の苛立ちの歌が見られる。次にはそれらを見てみることにしよう。

2

『はやりを』には、人と人との関係を思わせる歌が多いようだ。その一つ、声をうたった歌をいくつかあげてみよう。

沢山のひとごゑの中のひとつこゑ聴き分けてその肉声に近づく
眼を閉ぢてこゑを味はふあこゑは体臭よりも肉に即くなり
大甕に塩あふるるまで蓄へて真冬もわがこゑ太ぶととせよ
こゑのみは身体を離れて往来(ゆきき)せりこゑとふ身体の一部を愛す

ことば、否こゑのたゆたひ　惑ひゐる君がこころをわれは味はふ

まだまだたくさんあるが、いいと思った歌をいくつかあげてみた。また、こんな歌も見られる。

人は人を皮膚一枚に隔ちつつ危ふき人語あやつるものか
人語より人語にわたる太き息細き息なり肉声とふは

この時期、河野は夫の実家に舅などと一緒に暮らしていたようだから、人間関係ではいろいろと悩むこともあったのだろう。また、先に見たような交際範囲の広がりから、人と人とのありようなどについて考えるところが多くあったのだろう。それらがこんな歌を作らせている。人との優しいつながりを求める河野の願いが断ち切られたとき、河野は苛立ちの歌を隠すことなくそのまま作る。

それらはこれまでに見てきた歌集の歌と同じ雰囲気ではあるが、その苦しさはやや深まっていると言えるのかもしれない。こんな歌である。

憎しみに火脹れてゐる夜ぞ迷ひ来し蟻のひとつもわれに触るるな

触れざればただの男よ夕日（ひ）に透きていらいらひりひりと蟬が鳴くなり
はがねなす論理の閾よりせり出して貝肉のやうに傷つきてみよ
気圧の谷に暗く臨みてゐる男雷（らい）もろともに振り向きて見よ
忘れたきこの憎しみを軋まする日盛りの道に並み立つ杭は

こうした歌は前歌集『桜森』の中の、

背を向けて答へぬひとよ崖（きりぎし）もその背のやうには夕焼けをらぬ
とかげのやうに灼けつく壁に貼りつきてふるへてをりぬひとを憎みて
男憎し苦（にが）し憎けれどさしあたりざんぶ熱き湯に耳まで浸る

といった歌に通ずるものがあるが、『はやりを』の歌のほうが相手に対してより迫っているというか、ぎりぎりのところまで来てしまっているような印象を受ける。

「われに触るるな」「傷つきてみよ」「振り向きて見よ」

といった命令形の背後に、彼女の「声」が必死に抑えているものを感ずる。

彼女は、他者との心の通じ合った触れ合い、つながりを必死で求めているのである。

3

前項で、『はやりを』の歌と『桜森』の歌を並べてあげて比較したが、『桜森』の場合には比喩の鋭さ、魅力に焦点が集まっており、『はやりを』ではそこを突き抜けてしまっているのではないか、ということが私の言いたかったことであった。その点について考えてみたい。

『桜森』から二首を引いてみる。

とかげのやうに灼けつく壁に貼りつきてふるへてをりぬひとを憎みて
棄つるなら棄てよと言ひし自がこゑにたじろぎし瞬時に逃げられにけり

前の歌は初句の字余りも含めて、上句の比喩に焦点があり、それが一首の迫力・魅力となっている。この歌のあとに「頬を打ち尻打ちかき抱き眠る夜夜われが火種の二人子太る」という逞しい歌が反動のようにして来るのも、彼女の発想の振幅の典型である。

あとの歌では、結句の「逃げられにけり」に余裕というかユーモアのようなものが感じられる。上句のような物言いは日常的なものでもあるが、それを言ってしまった自分に驚き、ちょっとたじろいだ瞬間、相手はひょいと身をかわして逃げてしまったというのである。おもしろいところをとらえている一首だろう。

次に『はやりを』の歌をあげてみよう。

憎しみに火脹れてゐる夜ぞ迷ひ来し蟻のひとつもわれに触るるな
触れざればただの男よ夕日(ひ)に透きていらいらひりひりと蟬が鳴くなり
はがねなす論理の閾よりせり出して貝肉のやうに傷つきてみよ

最初にあげた歌は憎悪をうたって、前にあげた「とかげのやうに」の歌と共通しているが、「われに触るるな」と言っているところに、自閉的な世界に一歩入りこんでしまっているようなものを感ずる。

次の歌の「いらいらひりひり」といった表現もあまり効果をあげておらず余裕のない感じである。

最後の歌の「はがねなす論理」はどうだろうか。相手の考え方・姿勢を形容して「はがねなす」と言っているのだが、いささか彼女らしくなく、相手の物言いに気おされているような印象を受ける。「貝肉のやうに」という比喩もあまり効いているとは思えない。他者との交流・接触を願う気持ちを内に秘めながら、表現の上では余裕のない雰囲気となってしまっている。

これが『はやりを』の歌に対する私の印象であるが、では、どんな歌が私の心に響いてくるのかというと、

たつたこれだけの家族であるよ子を二人あひだにおきて山道のぼる

この歌である。初句が「たつたこれだけの」と大幅な字余りであるが、言葉の内容と字余りとがひびきあって、ここに込められた河野の思いが伝わってくる。子供や家族をうたった歌にはやはり膨らみのあるいい歌が多いと思う。あと何首かをあげてみよう。

真日向の水槽に飼ひゐる寂しさを懇（ねんごろ）に目守（まも）る子わが子を目守る
蟬声の中に生（あ）れし子この裸身与へ得しのみわが得たるのみ
真剣に子を憎むこと多くなり打つこと少くなりて今年のやんま
ああ人は子らの父にて夕星（ゆふづつ）の淡きを掲げ戻り来るなり

こんな歌を読んでいると、しみじみと心がなごんでくるのを感ずる。一首目、第三句で「寂しさを」とまで言ってしまうのはどうかとも思うけれど、子供の姿をじっと見つめている作者の姿

には、「たつたこれだけの家族」という思いをひしと抱いている作者の心に通じるものがあるように思う。これは、以下にあげた歌にも共通している。

二首目の歌の「蟬声」、これは彼女の歌のキーワードの一つであり、これまでにもしばしば触れてきた。ここでは、下句の表現に注目したい。湯上りの裸の子を見ながら、下句のように認識している彼女の目には、喜怒哀楽を越えたしっかりとしたものが育ちはじめている。

だから、次の歌で「子を憎む」とうたっても、これまでのように打ったりかき抱いたりする対象としてのわが子ではなく、もう少し深いところでの親子関係となりつつあるのではないか、などと私は思ったりするのである。その次の夫をうたった歌も、子供たちの父親という視線であたたかく見ており、ほのぼのとしたいい歌となっている。

4

中央公論新社から『たったこれだけの家族』という河野裕子のエッセイ集が出版されている。河野の死後の二〇一一年に夫の永田和宏の手によって出されたものである。

内容の中心は河野のアメリカ時代のエッセイ集『みどりの家の窓から』（一九八六年、雁書館刊）の再録だが、巻末に書名ともなっている「たったこれだけの家族」というエッセイが収録されている。それを読んでいると、家族に寄せる河野の思いの深さが伝わってくる。

彼女は言う。

「抱いたり、背中にくくりつけたり、身ひとつになって子供たちと暮らしていると、言葉以前の人間のつき合いの原点に触れてくる。体と体を触れあいながら、自分の感情そのままを生きる。こういうダイナミックな人間関係は、初めての経験だった」

「子供たちが二、三歳だった頃、遊ぶようすを見ていて、私は存在の原初性がもっている、個の寂しさのようなことを、よく考えた。あまりに幼くて、自他の意識が不分明であり、自分のまわりをとり囲む世界との境界も定かではなく、ただ身のまわりだけがほのかに明るい、そういう時期、外から眺めていると、その者の持っている個の寂しさが、無心であればあるだけ、見えるのかもしれなかった」

　こうした文章を読むと、前にあげた彼女の怒りの歌「触れざればただの男よ」とか「われに触るるな」とかいった「触れる」という言葉などにも彼女なりの思いが込められているのがわかる。

　私は『はやりを』の巻末に解説を書いているが、いま読み返してみると、現在の感想とそんなに違ったことを書いているわけではなかった。彼女の起伏の激しい混沌、それを既成の概念ではなく肉声によって越えようとしているところに私は彼女の独自性を見ているが、それはまさしく「体と体を触れあいながら、自分の感情そのままを生きる」ということであったのを今さらながら知ったわけである。

あとのほうの文章からは、私が先にあげた歌「真日向の水槽に飼ひゐる寂しさを」の「寂しさ」につながってゆく彼女の思いを知ることができる。私は「寂しさ」は言い過ぎではないかと思ったのだが、ここにも作者の思いはしっかりと込められているのであった。

彼女のこうした寂しさを見る視線は『桜森』の最後のころの歌「しらかみに大き楕円を描きし子は楕円に入りてひとり遊びす」といった作を念頭に置いて書かれているようだ。この歌については、私も『桜森』の項で高く評価した記憶がある。

「自他の意識が不分明であり、自分のまわりをとり囲む世界との境界も定かではなく、ただ身のまわりだけがほのかに明るい、そういう時期、外から眺めていると」と続く文章の「外から眺めていると」に至る彼女の言葉の運びは、まさしく自他不分明に内外の境を行き来しているようであり、言葉が単なる概念でなく彼女自身の肉体感覚から発せられているのがわかるような気がする。

『たったこれだけの家族』のあとがきで永田和宏は次のように書いている。

「『たったこれだけの家族』ではあるが、その家族は、河野裕子にとって生涯の誇りであった。『こんないい家族はいないと思うのよ』と彼女自身があちこちで発言し、また書き残しているが、その家族の中心にいつも河野裕子があり、その弾けるような笑い声と笑い顔があった」

永田の妻を偲ぶ気持ちがよく出ている文章である。普通はこういう女性の作る歌は常識的で陳腐かつ身勝手なものになりやすいのだが、河野裕子は、身勝手はともかく、歌に関しては、平凡な結果には終わらなかった。

それはなぜなのかという点も、今後、しっかりと見ていかなければならないだろう。

さて、『はやりを』以後、河野は家族一緒にアメリカで生活をすることとなる。そのようすはアメリカ時代の思い出を書いた随筆集『みどりの家の窓から』(『たったこれだけの家族』に再録)によって知ることができる。

河野裕子が随筆作家としても出色であることを明らかにした一連である。

昭和五十九年(一九八四)から昭和六十一年にかけてのアメリカ時代を経て河野裕子は、次に第五歌集『紅(こう)』を刊行する。平成三年(一九九一)のことである。

『紅』

1

『紅』には、昭和五十七年（一九八二）から平成元年（一九八九）に至るまでの作品が収められている。収録作品数は五九三首と、これまでの歌集の中で最も歌数の多い歌集となっている。『紅』は四章に分けられている。第一章は昭和五十七年から五十九年八月ごろまでの作品で、河野が夫の永田和宏の留学に伴って渡米するまでの作品が収められている。前歌集『はやりを』は昭和五十九年四月の刊行なので、作歌時期は少し重なっているが、そのほとんどは昭和五十九年『はやりを』刊行以後、八月の渡米までの作品である。

そして、第二章がアメリカ生活をうたった章である。

自筆年譜（青磁社版『河野裕子』所収）によれば昭和五十九年は河野三十八歳。こんなふうに書かれている。

「八月、子供たちと共に渡米、ニューヨークのケネディ空港で永田に迎えられる。メリーランド州ロックビル市のロリンズパークに住む。子供たちはファームランド小学校へ。その他に土曜日にはワシントン日本語学校に通う。九月、ニューヨーク、ボストンへ永田の学会に同行。帰途、初めてアメリカの高速道路を運転する。十二月、同じロックビル市の一軒屋に引っ越す。大きなトラックを永田が運転し、家族だけで引越しを行う。子供たちはツインブルック小学校へ転入。運転免許を取得」

年譜でありながら、当時のようすが生き生きと描かれている。高速道路のところ、日本の免許で運転をしたあと、アメリカで自動車免許を取得したということだろうと解した。

翌年の昭和六十年から河野は「ワシントン郊外みどりの家の窓から―河野裕子の家族通信」を京都新聞に連載し始めるから、自筆年譜の記載も正確かつ詳細である。この連載は、前回紹介したエッセイ集『みどりの家の窓から』(雁書館)として昭和六十一年に刊行されることとなる。

では、『紅』の中のアメリカ生活の歌を見てみよう。

三匹のチビねずみよろしく入国す黄色きリュックあたふた負ひて
千代紙や独楽(こま)を交易の具となして現地小学校に子は馴染みゆく
キッチンにも合衆国の地図貼りて先祖から居るやうにこの国に住む
白人の乳呑児なれば眼も肌もすきとほりゐしこと何かあやふく
海に入るまで広がりてゐる麦畑も一点景として途方もなき国

こんな歌が、まず彼女の現地報告の歌として目に付く。一首目は第二章の最初に置かれている歌。この戯画は愉快である。上句から下句への展開を読むと、これからどういうことになるのか、楽しみにもなってくる。三首目も現地報告の歌には違いないが、この下句には河野らしい線の太い把握があると思う。最後の歌の「途方もなき国」はまさしく実感であろう。

こうした歌のあいだに、日本や日本語を思う歌がしばしば出てくる。それがアメリカ生活での歌に大きな膨らみをもたらしている。こんな歌である。

母国語のゆたかな母音の快さ子は音読す〝太郎こほろぎ〟
ゆたかなる日本語母音に振り向けりロリンスアベニューの人ごみの中
母国語の母音ゆたかにあはれなり子らの音読を惷きざみつつ聴く
ひらがなでものを思ふは吾一人英語さんざめくバスに揺れゆく
宵空が雪に翳りてゆく今を熱き掌のごとき日本語が欲し

日本語の母音ということを盛んに言っている。これは彼女らしいこだわりだと思った。彼女を取り巻いているのが英語ではなくイタリア語とかフランス語だったらどうだったろうか、などとも思ったりするが、ともかく、外国語の抑揚から日本語の母音をしきりに思っているところは注意していいいと思う。

ひとしきり英語で寝ごと言ひをりしが不意にわなわなと唏嘘せりあはれ
日本人が日本人がといふ自意識に私やせるなよ言葉やせるなよ

こんな歌も見られる。前の歌は夫の永田和宏だろう。「唏嘘」などというむずかしい漢字を使っているところもおもしろい。普通は「欷歔」あるいは「歔欷」だろう。
あとの歌はよくわかる歌。どうしても日本人であることにこだわらざるを得ないから、この下句は実に直截的な言い方であり、彼女の切実な思いが伝わってくる。

2

ここまで、河野の日本人を意識した歌を見てきたので、次には別の視点の歌をあげてみよう。

炎天のアクセントつよき構図なり黒人五人が赤土搬(はこ)ぶ
茄子の花かがみて見せくるる老黒人バレンタイン氏と畑へだて住む

黒人がひとり入り来てかつきりと小麦畑の点景緊まる
足指のあはひぢりぢりと広がりて石負ふ黒人は歩み始めつ

こうした歌を読むと、新しい世界に挑もうとする河野の作歌意欲のようなものを感じる。黒人は歌の対象としては珍しい存在であったろうし、それを構図とか点景とかいった言葉で絵画のような広がりを出そうと工夫している。そこに彼女の試みを感じることができる。

二首目のバレンタイン氏は彼女のエッセイ集『みどりの家の窓から』にも出てくる人である。その交流のようすを知って読むと、歌に物語的な膨らみが出てくる。最後の歌はどういう場面を見ているのだろうか。上句ではかなり細かいところをアップのようにして見ている。これも、なんらかの意図があってうたわれたものだろう。

もう一つ、アメリカ生活のなかからうたわれた歌で特徴的なことは擬音語・擬態語をもちいた歌におもしろいものが見られるということだろうか。これは、その後の帰国後の歌にも言えることかもしれない。日本語の母音を意識する日々のなかから自ずから発せられた声と見ることもできるだろう。

『紅』

ぽぽぽぽと秋の雲浮き子供らはどこか遠くへ遊びに行けり

とろとろと赤き鉄橋を渡りゆく貨車あり何をか吾（あ）は忘れゐし
青空の夜がずんずん寄せて来て海釣りの父と子いまだ戻らぬ
雪やみて静かな日昏れとなりゐたり子をびんびんと叱りてゐしが
ぴたぱたとゴムざうり鳴らして歩む子のはみ出しし踵（かかと）土を感じゐる
雨の夜に爪切り使ふひつぴつと記憶の誰かも爪切りてゐし

こんな歌の「ぽぽぽぽ」「とろとろ」「ずんずん」「びんびん」「ぴたぱた」「ひつぴつ」は、やはりかなり意識的な表現と言えるだろう。

四首目の子を叱る歌の「びんびん」は、以前の歌のように子供に中心があるのではなく、この「びんびん」という言葉に中心があるのだと私には思われる。最後の二首は第三章の帰国後すぐの作から引いてみた。帰国後の歌は3で見るつもりである。

第二章の中で、おもしろいと思った歌があといくつかあるので、それらについて触れてみよう。

あふれつつ一夜の蜜をかたぶけてまどかに月は窓辺にありつ
ドアの隙（ひま）はいつも不思議な感じにて子らの目鼻が小さくのぞく
雪映えのこの明るさを大切に心ゆくまで魚刀（ながたな）を研ぐ

最初の歌、この「蜜」は河野らしくない比喩である。それがアメリカ生活のなかで生まれていることに面白さを感ずる。「蜜」というと岡井隆の歌を思い出す。少しあげてみよう。「蒼穹（おほぞら）は蜜かたむけてゐたりけり時こそはわがしづけき伴侶」（『人生の視える場所』）、「眸（まみ）といひ眼（め）と呼ぶ孔（あな）ゆかくまでにすがしき蜜は吾（あ）に注がれつ」（『禁忌と好色』）。

こういった岡井の歌が浮かんできてしまうせいなのかもしれないが、私は、河野の比喩の新鮮さはこういうところにはないと思っているのである。

次の歌の下句。これは誰しもが目にしていて、あ、そうだった、と思ったりするとらえ方である。子供たちが興味津々といった感じで大人の居間を覗いているのだろうか。読む者にいろんなことを想像させる楽しい歌である。

最後の歌は包丁を研ぐ歌。これまでにも見てきた河野の厨歌である。上句の表現がとてもいい。「大切に」は言えそうで言えない言葉である。これによって次の「心ゆくまで」に潤いが生じている。

3

『紅』の第三章は、次のような歌から始まっている。最初の五首をあげてみよう。

あをぞらのこのまつ青な時空こえ帰りゆくなり母国の夜へ
帰り来し母の家には水蕗（みづぶき）の葉の上（へ）に安らふ大かたつむり
昨日ここに咲きゐし黄あやめの花なくて今日鮮しき黄あやめのつぼみ
不眠の夜いくど思ひしこの辻を母音ねばりて人らゆき交ふ
抑揚の乏しさはまたなだらかさ雨傘かたぶけ立話して

これらの歌には日本に帰って来た河野の喜びがあふれているし、抑えられていた自身の感性が活き活きと甦っているさまも感じられる。第三章巻頭の「雨」という一連の中の歌である。

一首目の歌には「五月十二日、ロスアンゼルスを発ち、二年ぶりの日本へ」という詞書も付けられているので、読者には親切な出だしである。これは第二章の歌が、前回見たように渡米する親子の歌から始まっているのと対になっている。読む者には、アメリカから帰って来てさてどんな歌が作られているのだろうという期待が生じる。

二、三首目の歌は、まさしく日本に帰って来たという喜びの歌である。これについては、あとで触れよう。

終わりの二首は、「母音ねばりて」「抑揚の乏しさ」など、日本語を味わい楽しんでいる歌である。また、「雨傘かたぶけ立話して」には、いかにも日本的な雰囲気が感じられる。そこを楽しんでいる河野である。

それでは、日本に帰って来たという喜びの歌を、「雨」「戻り来しかな」という一連からもう少しあげてみよう。

こんなにも穏しかりしかあふみの海（み）またたきまたたきさざ波は寄る
日本に戻り来しかなやはらかに蕗の大葉を濡らしゆく雨
昼近く泥田の泥も温もりぬ立泳ぎせる蝌蚪（くわと）裏返る蝌蚪（くわと）
ぽこぽこと泥水ぬくく湧くあたり筏のやうにがんぼがゐる
曇り日の緑穏しき桃畑をくくみ鳴きつつ土鳩が歩む

一首目は、琵琶湖をじっと見つめている歌。「穏し」は五首目にも出てくる。こんなにも日本の風景は安らかで穏やかなものであったのか、という河野の感慨がこういう歌を作らせている。五首目の土鳩の景など、河野の思い入れの深さが作らせた歌と言っていいだろう。

三、四首目の泥田の歌など、読んでいて実に楽しい。「立泳ぎせる蝌蚪裏返る蝌蚪」は河野の喜びの表現である。

「蝌蚪」はその後の日々にもたくさんうたわれており、いずれも愉快な歌である。それらも紹介しておこう。

どの口もふふふふふふと笑ふやうに泥田の泥に蝌蚪（くわと）らが群るる

うとうとと泥にもぐりてぬくとくて蛙の日まで蝌蚪（くわと）の頭（づ）まるい

むづむづと笑ひたくなるか蝌蚪（くわと）たちは尾が取れ手足はえてくる頃

この時期の河野の歌には、動物ばかりでなくいろんな花をうたった歌も多い。これは、日本の自然をしみじみと喜んでいる気持ちのあらわれであろう。

2で、アメリカ生活の影響として擬音語・擬態語を用いた面白い歌を紹介したが、いま上げた歌の「ふふふふふ」や「うとうと」「むづむづ」もその例としていいだろう。こうした特徴はやはり『紅』に至って顕著になっている。

そうした歌を、あと四首だけあげてみよう。

陽をしよひて跳ねてめぐれば、はんの木のはははんの葉背中に爆ぜる

梅酢甕のぞきゐるときヒヒヒヒと心霊波のやうに来ぬ妙な感じが

宿題に倦み始めしかへこへこと下敷ならす音二階よりする
犀のやうにどどどどどつと降（お）りくるな階段の下で子が批評せり

どれも愉快である。一首目「はんの木のはは（母）ははんの葉」と私は読んだが、違っているかもしれない。

4

『紅』に収められている歌で、取り上げたい歌群があと二つあるので、それを書いておこう。一つは宮柊二をうたった歌。もう一つは老いを意識した歌である。

宮柊二は昭和六十一年（一九八六）十二月十一日に七十四歳で亡くなった。十九日に東京・信濃町の千日谷会堂で葬儀告別式が行われ、河野も出席している。

宮柊二をうたった歌を見てみよう。

死者として額（ぬか）ふかぶかと宮柊二この世の涯のひと夜をありつ
白骨となりてしまひし先生に黒き靴はき会ひにゆくなり
宮柊二の死をばはさみて歩みつつ昔のこゑに人は黙せる

ゆつくりと湯槽（ゆぶね）よりあげし顔貌は宮柊二言ひし　壮年の修羅
歌書きて妻子を食はせし宮柊二せつなや明日まで十首が足りぬ
力あるまなこはわれを測りゐき柊二五十九歳卓を隔てて

最初の三首は宮の死のすぐ後の歌だろう。その次の歌は夫の永田和宏のようすをうたっている。宮の死によって、その言葉を思い出しているわけである。河野の歌の中で宮柊二が意識されるのはその死を契機としてであったかの如くである。

次の「歌書きて」は、帰国後いよいよ歌作その他に追われるようになった自分の現実を、あからさまにうたっている。私は、宮柊二の『多く夜の歌』などを思い出しながら読んだのであった。最後の歌は「柊二五十九歳」とあるから昭和四十六、七年ごろのまだ元気な宮柊二の姿である。河野は二十五、六歳だったろうか。そんな頃の思い出である。

『歌人河野裕子が語る　私の会った人びと』（本阿弥書店）という本の中に「宮先生の怖かった、あの目」という章があり、「ふと顔を上げると、斜め向かいに宮先生がおられて、瞬きもせず、じーっとこっちを見ていらした」「まだ二十二、三歳の私を『これはどれだけのものか』と計っていらしたんですね」などと語っているのが参考になる。

河野は宮柊二の死後三年ほどたった平成元年に「コスモス」を退会し、翌年、「塔」に入会する。夫の永田がアメリカから帰国後の昭和六十一年、「塔」の編集責任者になるので、そういった事情とも関係しているのだろう。

次に、『紅』になって頻出する「老婆」の歌を取り上げてみたい。

幾つになつても癒えぬ寂しさこのままに老婆になつてしまふのだらうか

いつのまに老婆のわたし　日向には石けり遊びの呪文けんぱつぱ

そら豆をみしりみしりと嚙みながら猫の老婆のやうに雨を見てゐる

父が死に父の齢(よはひ)になりし日にこのかきの木もわたしも老婆

まだまだたくさん見られるが煩瑣にすぎるのでやめておく。三首目の歌の第五句は「やうに雨を見てゐる」と十音。倦怠感は出ているが、ちょっと締まりのない感じである。

最後の歌は、父の死ぬ日を想像しつつ、亡くなった父の年齢に達した自分を思っている。この歌を作ったとき、河野は四十一歳であった。何があったのであろうか。自分が老いること、歳月がたちまちに過ぎてゆくこと、それをとても気にしている。たくさんの「老婆」の歌に前後して、次のような歌も頻出する。

いつの日か父の齢(よはひ)になるわれか父母あらぬこの家に住み

共に棲みまだ七、八十年はあるやうな君との時間ゆつくり過ぎよ

眠りゐる今も疲れてゐる君が眠りながら老けるかなしみ

あと何年共に住むのかゆつくりと子らの机を陽がすざりゆく

ゆるやかな坂のほとりの白き家この家は子らが出(いで)てゆく家

夫や子を思う歌はこれまでと同じようにたくさん見られるが、「家」「家族」へのこだわりには、過ぎてゆく時間への思いと共に、何か切ないものが込められている。留めようもない時間の流れを意識し、それを必死に確認しているかの如くである。

『歳月』

1

『歳月』は『紅』に続く第六歌集で、平成七年（一九九五）に短歌新聞社より刊行されている。四十九歳のときである。この歌集は、同社から刊行され始めた現代女流短歌全集の第一巻として出された。

収録されているのは平成元年（一九八九）から平成二年夏ごろまでの一年半の作品二八八首で、四十四歳から四十五歳にかけての時期である。河野の歌集としては短期間に作られた歌をまとめた一冊と言えるだろう。

整理しておくと、第五歌集の『紅』は平成三年に刊行されており、収録されている作は昭和五十七年（一九八二）から平成元年までの作である。そして、平成元年作の歌の大半と翌二年の作は平成三年刊行の『紅』ではなく、次の『歳月』に収録されるというかたちになっている。

『紅』を刊行するときに分量の関係などから収録作を平成元年作の一部までに絞ったあと、短歌新聞社から現代女流短歌全集の話があり、こちらは収録歌数が制限されるので、平成三年までの作を収録することにしたということだろう。この刊行時期と作歌時期のずれは、以降の歌集までしばらく続く。

『歳月』の歌に入っていく前に、ここで河野の文章について少し見ておきたい。河野は昭和六十二年から平成二年ころにかけて、「短歌現代」や朝日新聞・毎日新聞などに時評風の文章を書いている。それらが河野の『体あたり現代短歌』の中に収録されているので、この時期の河野の短歌観を知るうえでとても参考になる。

河野が時評で繰り返し取り上げているのは小池光の歌である。小池の歌の面白さについて「よい歌を読んで感銘を受ける、という歌の読み方から自由になって、いろいろな読みのヴァリエーションを楽しみ、面白がるという読み方。さしあたり、小池光の歌は、そういう読者の側の欲求を満たしてくれる歌の最右翼であるといえよう」（面白い歌―小池光『日々の思い出』）と書く。

また、小池の歌「立食ひのまはりはうどん啜るおと蕎麦するおと差異のさぶしさ」などを挙げて、「日常茶飯の阿呆らしいほどありふれた事柄の切り取り方に、私は注目し、共鳴したのである。でっちあげたドラマより、ありふれた日常の方が、謎があってふしぎで面白いんだよ、と言っているかのような気軽なタッチもいい。〈略〉実作者として、ひとつ言っておきたいのは、歌の微妙な良さは、そう簡単に誰にでもすぐわかるものではないということである。実作を続けていなければ、表現の前線に常に居なければつかめない、短歌のことばの息づかいというものがある。歌を自分で作っていない人は、歌を、意味とか、意匠の珍しさとか、ことば面の斬新さといった目に見えやすいところで評価しがちだということ。『差異のさぶしさ』の、差異の微妙さがわかるには、それなりの年期が必要なのだということを言っておきたい」（素人選者は困る―『鳩よ！』『月光』など）。これは「短歌現代」の時評だが、河野らしい思い切った物言いである。

また、『日々の思い出』の中の小池光は、終始一貫してかっこよくない中年の男の役を演じ続けているとまで河野は言い、小池は「ヒーローとして歌を歌らしく作ることからおりてしまった。突出したヒーローであることや、らしさの嘘くささを、いち早く見抜いてしまったのだ」（ヒーロー不在―「ハムレット」から「にせハムレット」へ）というところまで小池光論を推し進めてゆく。

そして、毎日新聞の平成二年十一月十日に書かれた「振幅の楽しさ―まじめから余裕へ」という文章では、その年の十月に行われたシンポジウムに出席した体験を記し、自分の作品の何が変わり、何が変わっていないかという司会者の質問に対して、河野は「たつぷりと真水を抱きてしづもれる昏き器を近江と言へり」（『桜森』）という歌と、最近作の「こゑ揃へユウコサーンとわれを呼ぶ二階の子らは宿題に飽き」（「歌壇」平2・8）の二首を挙げて、この頃はユウコサーンのような歌を作るほうが楽しいし、リアリティがある、とも述べている。こうした自分の短歌観の変化に対して、終わりのところで河野は次のように書く。

「生まじめ一本の表現方法で歌っていたところに、この時代が見せてくれた軽くたのしい気分が、表現の変化と振幅を促してくれただけのことかもしれない。私は今、この表現の振幅の幅をけっこう面白がり、余裕をもってたのしんでいるようなところがある。従来の歌い方に加えていろいろな歌い方を試してみたいと思っているのである」

2

『歳月』の最後の章は「ユウコサーン」で、子供をうたった次のような歌が並んでいる。

髪洗ひぽたぽた濡れてゐる息子何でかう今日は突つかかり来る

わが矛盾すぐに突きくる十七の論理の若さまだ防戦しうる

十七歳このうちつけの危ふさは蹴りて飛び出す青羽の扇風機

母さんとめつたに言はなくなりし子が二階より呼ぶユウコサンなどと

はかないほど早く大きくなつてしまひいよいよもう追ひつけない

こゑ揃へユウコサーンとわれを呼ぶ二階の子らは宿題に飽き

「ユウコサン」と「ユウコサーン」がすぐ近くに出てくるが、こういう意識的な技法は先の彼女の文章に見られる「余裕」と無関係ではないだろう。

最初に挙げた歌は彼女の言う従来のうたい方で鑑賞できるが、二首目の下句の試みはちょっと乱暴で、弛緩している。その次の歌の第五句「青羽の扇風機」は面白い表現技法と言えるだろう。ただ、「青羽」はなんと読むのか迷ってしまう。五首目の歌の下句「いよいよもう追ひつけない」はこれまでの彼女だったら言わなかったところだろう。

『歳月』には、「母さんと呼ぶのはいつも背後(うしろ)からぼそつと部屋を斜めによぎる」という歌も見られる。この歌と「ユウコサーン」との間の振幅、その大小・高低が彼女の歌の魅力となっていくのだろうと思われる。

『歳月』の感想として私に浮かんでくるイメージは平穏という風景である。彼女の心の底から突き上げてくるような激しいものが感じられない。それが抑えられているのではないか、ということである。

それが、先に見てきたような彼女の物言いと関係があるのかどうか、簡単には言うことができないが、それを考えてみる必要はあるだろう。

射(い)ゆ獣(しし)の心を痛み叱れども勉強せぬ子は押入れに眠る

あまづたふＵＦＯや幽霊を疑はず玉子抱へて坂のぼり行く

梅の林の中に梅の木がむすうなり梅の木の中に梅の木が溶けゆく
どの梅のつぼみもしつかりと開きをりまじめな眼してあまさず見てゆく
疲れつつ遠い日向を歩みゐるわが子を感ずかすか軋む椅子

先ほどは『歳月』の巻末の一連から引いたので、今度は巻頭から注目した歌を挙げてみた。一首目、二首目の「射ゆ獣の」「あまづたふ」は枕詞で、それぞれ「心」、「日」にかかる。最初の歌では、上句の重々しい出だしが下句に来てちょっと笑いをさそうような場面となっている。こういう手法は以前にも無かったわけではないが、この歌では試みの意図が更によく取れるようになっている。次の歌の「あまづたふ」は、「日」が大空をめぐることから「ひ（日）」にかかるとされているのをちょっとひねって、大空をめぐるＵＦＯ、幽霊としゃれて楽しんでいる。下句の言い方はいかにも河野らしく、ここでも笑ってしまう。

以下の梅の歌にも表現の試みはしっかりと感ずることができる。「梅の木が溶けゆく」「まじめな眼して」など、工夫を楽しんでいるところがある。

最後に挙げた歌の第五句、「かすか軋む椅子」は、かなり振幅の大きい成功したものになっている。上句のように表現してきて「わが子を感ず」まで来たとき、自分の側にぐっと引き寄せないで、ここでもう一度対象を押し離す、それができるようになっていると思う。なにがなんでも自分に引き付けるといった迫り方ではなく、「かすか軋む椅子」と手放している。ここから読む者はいろいろに空想することができる。すばらしい結句を得た一首である。

しかし、さすがにこういう歌はそんなにはできないから、歌集全体としては、平板な起伏の少ない印象となってしまうのもやむを得ないことかもしれない。

集中の「桜谷」という一連を見てみよう。

さびしさは若き日の君を知るゆゑに　咲きみちし桜みなみな桜
今すこし若ければ若くありたればとおのれ惜しみて人は齢とる
生きて咲く桜むざむざ見上げゐき愚かに受胎し若く捨てにき
死者よりも遠き者ぞと離れゆきし一人を言へり　夜の白木蓮

かつての『桜森』のころから見ると、抑えられた寂しさのようなものが感じられる。三首目の歌からは、おのれのした行為に対する悔しさのようなものが、抑えた果てに出ている。最後の歌、死者よりも遠いとは、深い悲しみ、憎悪の心である。それを結句で飛躍させている。

3

2で、『歳月』の最後の一連「ユウコサーン」に触れて、小池光の影響なども考えつつ、河野の歌に見られる変化について考えてみたが、この「ユウコサーン」の中に、

河野庫吉(かうのくらきち)われは知らずも忌の葉書一枚くだされし黒き文字庫吉

という歌が他の歌となんの関連もなくぽんと一首だけ出てくる。これも、歌を作る日常を自然体で楽しむという彼女の姿勢からきているのだろうが、知らない人が読むとなぜこんな歌が作られたのかわからないだろう。

ま、ここは「河野庫吉」という名前にちょっと興味を抱いた、という感じくらいでいいのかもしれないが、『歳月』の中には河野愛子の死を悼んだ歌がたくさん出てくるので、なんか変な感じがする。この人は、河野愛子の夫なのである。それを知っていて、その上でこんな歌を作っているのかどうか、ちょっと不思議である。

ここで河野愛子を悼む歌をあげてみよう。

死はいつも河野(かうの)愛子を領しゐき今さらに読めり莢合歓(さやねむ)の下
疲れつつ生きてゐしひと電話すればベッドより繊きこゑは返りつ

河野愛子死にてしまへり河野愛子胸抑へたきほどの死の歌書きしが
死にしひと河野愛子の死の歌を書き写しをり萩の歌がよし
なましろくひつそりとある夜のまみづ愛子の厨乾きてかあらむ
去る者は追はずと言ひてつぐみたり薄刃のやうな自意識なりき
河野愛子昼間はいつもひとり居て電話すれば静か静かなりし家

こんな歌がまだまだたくさん並んでいる。

『歳月』巻末の略歌歴によれば、昭和四十八年、二十七歳の河野裕子は「短歌」（角川書店）十月号の座談会「女歌その後」に臨月のお腹を抱えて出席し、この時の発言、「生と一緒に死というものもはらんでしまった」が大きな反響を呼んだ。

この座談会の出席者は、馬場あき子・大西民子・富小路禎子・河野愛子・北沢郁子・三國玲子といった顔触れで、河野裕子はこのとき多くの先輩歌人と知り合いになっている。その一人に河野愛子がいたわけである。

河野愛子は平成元年（一九八九）、六十六歳で亡くなっている。軍人の家に生まれ、父も夫の庫吉も軍人であった。

河野裕子の挽歌を読むと、二人は電話での付き合いが多かったようだ。河野愛子は病身だったし、住んでいる所が関東・関西と離れていたので、きっと二人が会うことはそんなに多くはなかっただろう。しかし、これらの歌を読むかぎり、河野裕子はしっかりと愛子の歌を読んでいたことがわかる。

最後の二首は、私に河野愛子の姿をありありと思い出させる。本当に薄刃のような自意識の人であった。また、夫は留守が多かったし、子供のいないまことに静かな家であった。同じ時期に書かれた河野裕子の随筆「私を支えてきたもの」（『桜花の記憶』所収）には「短歌と家族。今の私には、車の両輪である。どちらが欠けても、生きる張り合いがなくなってしまう。大きな声で、子供たちを叱りつけ、犬猫も亭主もいっしょくたに可愛がり、派手に騒々しく毎日がすぎてゆく」とあるが、そんな彼女から見れば、電話の向こうにはまさしく「静か静かなりし家」があったのだろう。

私は電話を楽しむということができないのでこうした歌は羨ましく、想像しながら鑑賞するのみである。

『歳月』には、葛原妙子（昭和六十年没）の歌もあるのであげておこう。

ほつくりと小さなあくびをひとつして死にたるか孤り　葛原妙子

このひとも鉛筆の芯とがらせて歌を書きしか「原牛（げんぎう）」を読む

『原牛』は葛原妙子の歌集名である。この歌には河野の葛原評が込められていると見ていいだろう。河野愛子への姿勢とずいぶん違うところがおもしろい。

4

『歳月』の中から気になる歌をあげてみる。

育つとは何かが削げてゆくことか梅林にゐる子が今われを呼ぶ
少し離れ息子が立ちて待ちてゐるこの距離のまま齢を取るのだらう
まだ少しこの子はわが辺に居れる子よ触り（さや）しなやかな垂り髪を撫づ
こぞり立つぶ厚き鶏頭に手触れたり君を知り君のみを知り一生（ひとよ）足る
吾（あ）を欠かば三人きりの家族なり障子の向うの声臥して聞く
黄櫨（はぜ）の木の明かき遠景ゆ歩みくる私を欠いた私の家族

最初にあげた三首は子供をうたった歌。一首目の歌の「削げてゆく」とはどういう感じだろうか。これは息子を見ている視線だろう。その次の歌も、息子との距離を思っている。彼女の喪失感のようなものが感じられる歌である。

三首目は、娘をうたった歌。まことに素直なうたいぶりで、母と娘という関係は本当にいいなあとおもわせる歌であるが、この歌の上句には、やはり悲しみが込められている。

その次の「こぞり立つ」の歌は夫をうたっている。充足感を表現しているわりには言葉が裏切っていて、どこか寂しげである。

最後の二首は、自分を欠いた家族を見ている歌。こういう歌を読むと、これまで見てきた河野の歌のいくつかをすぐに思い出す。「たったこれだけの家族であるよ子を二人あひだにおきて山道のぼる」（『はやりを』）、「あと何年共に住むのかゆつくりと子らの机を陽がすざりゆく」（『紅』）。どちらも寂しい歌である。子供たちが去ってゆく日を思い、もう一方では、自分が欠けてしまったあとの家族の姿を思っている。

『はやりを』のあとがきで「男であっても、女であっても、逸雄（はやりを）の荒駆けのできる時期は、そう長いものではないのである」と書いた河野は、この『歳月』のあとがきでは「子供たちは余りにも速く育ってしまう。その速さを、しばしば私は、はかないという言葉で表現するしかなかった。この世で家族でいられる時間は、誰にとってもそんなに長いものではないのである」と書く。

時間の過ぎてゆく早さ、四人が家族でいられる時間の量、そういったことを思いながら過ぎてゆく日々が歌の背景としてあるのだろう。

『歳月』は平成元年（一九八九）から二年にかけての短い時期の作品を収めた歌集だが、この時期、彼女の生活にはいろいろと変化があった。子供が高校に進学するようになって住居を滋賀県から京都に移したこと。二十五年間在籍した「コスモス」を退会して「塔」に入会したこと。これは夫の永田和宏が「塔」の編集責任者になったことと関係している。以後、河野裕子は「塔」の中心歌人として活躍してゆくこととなるわけである。また平成二年には、生方たつゑに替わって毎日新聞歌壇の選者にもなっている。

いろんな新聞や雑誌で文章を書き始めたことは1で紹介した。

『歳月』の中に「紙風船」「あと四十年」という章があるが、巻末の初出一覧を見ると、これが「塔」に移って最初に発表した歌のようだ。「あと四十年」という章題は、

どのやうにも択び得る生　あと四十年眼見ゆる限り読みて書くべし

という歌からきている。各地での講演や選歌などが多くなり、活躍の場も広がってきたので、高揚した気持ちがこの歌の上句のような表現にあらわれているのだろう。このとき河野は四十四歳。あと四十年という意識は何をもとにしているのか、そんなことも考えるが、わからない。

「あと四十年」から何首かを引く。

この不安いづこより来る積みあげし石垣の石の歪むにも似る

歌書きて歌書きてしかも寂しさよ今朝は見出でつ蕗の薹二つ

息足らずなりゆく祖母の死の床に末子(まつし)五十四歳の母は居ましつ

わが齢(よはひ)太ぶととあれ乙女の日見しははそはのやうなわが指

やはり寂しい歌が多い。あと四十年というのは必死の願望のようにも見えてきた。三首目の歌の「息足らずなりゆく祖母」という表現を見て、そうか、ここに河野の最後の歌「手をのべてあなたとあなたに触れたきに息が足りないこの世の息が」(『蟬声』)に至りつく用法の源があるのかと思ったが、それは、またのちほど書くこととしよう。

『体力』

1

第七歌集『体力』の歌から感じられる姿勢は前歌集の『歳月』と基本的には変わっていないと言えるが、私の読後の感想ではいよいよ苦しい世界に入ってきたなというのがその印象であった。どうしてそんな印象を抱いたのか、それを考えながら見てゆくこととしよう。

『体力』には一九九〇年の終わりから一九九五年初めまでの作品約五〇〇首が収録されている。前歌集『歳月』が一九八九年から九〇年にかけての一年半の作であることを思うと、こちらは六年にまたがっての作品が収められていることになる。

あとがきには「この間に発表した作品は、千百余首ほどであったが、その半分を削り」とあり、「削った五百余首は、おそらくもう陽の目を見ることはないだろう」とも書いている。心残りの気持ちがにじみ出ているようにも見えるが、要するに自分の歌に満足がいかないのである。こんなことを書くのはたぶん初めてであろう。

あとがきのこの続きには「三十代の頃はのんびり構えていたが、四十代の半ばから後半を生きたこの時期、いつも意識していたのは、時間と体力のことだった。どちらも、切実に、私には足りなかった。時間に追われ、せっぱつまって、歌や文章を書いていた」と記されている。

河野は一九九一年に評論集『体あたり現代短歌』を刊行する。そのなかに「家族詠の前線をあるく」という長い文章があり、これは一九九〇年に書かれている。『体力』の歌が始まる時期とほぼ同じである。

この文章で河野はまず佐佐木幸綱と小高賢の家族詠（父親としての歌）を取り上げ、その価値を認めはするものの「してやられたという驚きや刺激に乏しい」と言う。そして、「この分野を女性たちが飽きて歌わなくなったときに、男性たちが多勢で流入して、新しく手に入れた分野の開拓に勤しんでいるという構図」を、そこに見ている。つまり自分たち女性が苦しみながらこの分野の表現を開拓してきたのだという自負を表明しているわけである。

河野が男性歌人の家族詠として高く評価するのは小池光の歌である。小池光の歌集『廃駅』のなかの作、

ふるさとに母を叱りてゐたりけり極彩あはれ故郷の庭
しのびよる雷鳴あれど金魚絵の浴衣こよひのふたり子つつむ
薄明のそこはかとなきあまき香（か）は電気蚊取器はたまた妻子

などをあげて、「ひとつの達成点として評価したい」と書く。そして「佐佐木や小高は、かくあるべき、かくあって欲しいと希求して、家長や家族を歌っている。小池は、いま現在あるがままの家族と自分を、歌おうとしている。余分な解釈を必要としない、それ以上でも以下でもない家族を歌う。小池光の家族詠の新しさは、そこにある」。これが結論である。

河野はこのほかにも、自分の歌と阿木津英の歌との違いや、若い世代（松平盟子、栗木京子）の家族詠の新鮮な世界を鑑賞し、自分とは異質な女性歌人の出現を高く評価している。こうした文章を書くことによって、河野は自分自身の歌を見る目も鍛えられたにちがいない。

たくさんの家族詠のなかで自分の歌はどのような位置にあるのか、それを問い続けながら『体力』は編まれたと言っていいだろう。

2

河野は自分の体力の無さを嘆いていた。水泳で体を鍛えているとも書いている。まず、自分の体力をうたった歌から見てみよう。

体力が尽きくるやうに思はれて月照る扉に凭りかかりゐる

徹夜あけの血の気失せたるわがからだなましろき菊なまぐさしと嗅ぐ
体力をしぼりて一夜書きためし稿のさびしさ外(と)に垂(しづ)る音
書くことは消すことなれば体力のありさうな大きな消しゴム選ぶ
眠りゐる息子の妙(めう)な存在感　体力使ひて眠りゐるなり

一首目はまさしく体力を消耗したというような歌。二首目は徹夜あけの歌。河野はよく徹夜をしたようだ。私は徹夜などしたことがない。したくても体力がないからできないのである。そう考えると河野の体力は同時に気力でもあるのだと気づく。三首目も寂しい歌。四首目になってようやく力強い良い歌が登場する。五首目は、息子をうたった歌。私は、終わりの二首の「体力」の使い方は魅力的でいいと思った。

この歌集一冊を通して、最も重いテーマとなっているのはなんだろうか、と考える。それはこの五首目の歌に出てくる息子の存在だろう。

最初に私の感想を言ってしまうと、これは、親離れをしたがっている息子に対して、子離れのできない母親の不安定な、壊れてしまいそうな姿と、私には映るのである。

灯ともれる家にはわたしが待つことを必ず忘るな雨の桜桃(ゆすらんめ)

さびしいよ息子が大人になることも　こんな青空の日にきつと出て行く

一人抜け、まづ息子から　煮魚の鰺の一尾は明日われが食ふ

家を出て独立すると今日明日に言ふか向かう向きの背中が薄い

三人きりの夜の食事が続きをり初めから息子など居らざりしごと

子らが老い私が死んでもずつとまだ母親が続くずつと私は

歳月が家族なりしと気づきたり十九の息子が家を離（か）りゆく

こういう歌が実にたくさん見られる。一首目の歌はいいと思うが、あとの歌はどうも賛成できない。子供のありようをうたった歌はたくさん見られるが、どれもやや平凡であり、かつてのような活き活きとした視線が見られない。

俺が俺であることが今の憂鬱と茶かけ飯食ひて息子出でゆく

言ひつのり絶句せりけり「母さんは馬鹿だ」派兵論議のさなか

革ジャンパーの裡（うち）に鋼（はがね）のごとくあり十八歳とふはまづ母を拒みて

愛されて馬鹿にされゐる寒の木瓜（ぼけ）憲法九条全く無力

こうした歌はやや珍しい。一首目のたどたどしい上句のありようなどこれまでにはなかった迫り方だが、下句はありきたりである。二首目と四首目は新しい素材に挑戦しているが、歌としては河野らしい潤いがなく、平凡と言ってもいいだろう。家族をうたっても自己模倣のような歌になってしまうし、新しい自分なりの立ち位置も見えてこない。彼女は苦しかったことと思う。

子供が自分から離れていくのを見守っているとき、その思いはどうしても過去の記憶へとさかのぼってゆく。そこには、寂しいけれども甘美な懐かしさがただよっている。そんな歌にはいい歌が多いようだ。共感した歌をあげてみよう。

この子らに若き母なりしかの日には子の背にかがみボタンとめやりし
折鶴に息ふきこみて夕風に乗せても見せつ子の小さかりし日
蝸牛(まひまひ)の大きさほどの蝌蚪すくひ喜びし子のこゑ歳月すぎつ
夢の中に子を呼べば子は振りむけり日あたる道に七歳(ななつ)など言ひて
歳月の節目節目の陽だまりに上の子のこゑ下の子のこゑ
砂の上(へ)の描きかけの楕円　誰もみな大きくなつてもう戻らない

甘い歌と言えばまことに甘い歌ではあるが、読んでいる側が切なくなってくるような歌である。彼女の歌を読み続けてきたので、最後の一首からはすぐ次のような歌が浮かんでくる。「しらかみに大き楕円を描きし子は楕円に入りてひとり遊びす（『桜森』）」「ぢりぢりと横ゐざりしつつ砂の上に驢描く子その子がわが子（『はやりを』）」。

こんな歌の流れを見ていると、彼女の歌は変わらないなあとも思うが、どこかでもう一歩を踏み出さなくてはならない。それがいつなのか今の私にはまだわからないが、気長に見ていくこととしよう。

次には、彼女の寂しい歌の続きを少し見て、それから私の好きな歌などに触れつつ書いてみたい。

3

子供の幼いころを思い出してうたっている河野のやや甘美な歌を鑑賞したが、そうした幼いころの子供を思う歌には、次のような寂しい歌がその心の根底に横たわっている。

ただひとりの味方の母ももう七十雪消道はだらに源助橋まで

人体ははかなく立ちて歩むもの腰ゆるびつつ老いてゆくもの

雨戸あけ雨戸をしめて老いてゆく母の晩年にわたしはゐない
子をふたり産みしのみなりこの子らのみ母と呼びくるる死にたるのちも
嘘のやうに四十を越えてしまひたり等間隔に娘と母がゐる
ひつそりとわたしの母の細い髪ぬれ縁にはさまりそよいでゐたが

どの歌からも河野の寂しい気持ちが伝わってくる。三首目の「雨戸あけ」の歌の下句はどういう意味なのだろうか。自分が、日々の母の生活の傍にはいないということか、或いは、晩年の母の意識のなかに自分は存在しないということか。まさか自分が母より先に死ぬと言っているのではあるまい。

こういう、私にはよくわからない曖昧な言い方がいくつか見られるのが気になる。たとえば、

あと三十年残つてゐるだらうか梨いろの月のひかりを口あけて吸ふ
死者の数あはく殖えゆきし歳月と九十年ほど生きて思ふ日あらむ

「あと三十年」は、言葉ではわかるがそれ以上の実体が感じられない。『歳月』には「あと四十年」ともうたわれていた。二首目の歌の「九十年ほど生きて」は、これも気持ちとしてはわから

なくはないが、やや常識的であり魅力的な表現とは言えないだろう。時間に追われる日々とあとがきには繰り返し書いているけれど、そんな余裕の無さが一首のなかの時間に対する感覚にもそのまま出てしまっているのかもしれない。

『体力』には「この母に十年ほどは残りゐむ膝立ちやはらかに障子張りゐる」という歌など、物事を年数で考える姿勢が各処に見られる。それも、時間に追われる生き方と関係してくるのだろう。

先にあげた歌のいちばん最後の歌「ひつそりと」は、濡れ縁にはさまってそよいでいる母の細い髪を思い出しているところである。挽歌にも似て寂しすぎる歌と言えるだろう。この寂しさのなかで河野は自分の歌の方向をどのように考えていたのか、そんなことも思うのである。

4

それでは次に、『体力』の中で私が最も好きな一首をあげて鑑賞してみよう。

浴室の磨硝子(すりガラス)の向かうに屈む子を大きな蛍のやうにも思ふ

この歌は、日常誰しもが経験する当たり前の光景を実に見事にうたっている。

磨りガラスの向こうに見えるぼんやりとした人体を「屈む子」としっかり捉え、それを「大きな蛍」と形容したところなど、すばらしいと思う。子供に対する気持ちもしっかりと出ている。河野の子供をうたった歌を並べて見るような場合には、この歌は、弥次郎兵衛の一本足の支点ともなるような位置にあると言えるだろう。

この歌を中心にして、今度は蛍の歌を見てみることにしよう。

蛍にはあなたのことは言ひにくい　いらいら痒いのは指の間（ま）の禾（のぎ）

もうすこしあなたの傍に眠りたい、死ぬまへに蛍みたいに私は言はう

まつ白のほうたるのやうにこゑもなく今年はじめての雪が降りくる

昼の鍵かけて外出（で）るなり二階にはほたるのやうな娘が眠る

こんな歌が『体力』の中には見られる。三首目の歌は今年初めての雪を蛍にたとえている。「こゑもなく」が焦点だろう。四首目の歌は、最初にあげた浴室の大きな蛍の別バージョンである。

興味深いのは前の二首だろう。これらの「あなた」は夫だろうか。まず二首目の「もうすこし」の歌から考えてみよう。

この歌と似たようなかたちの歌として、

もう随分あなたの傍に居たやうだ真顔で言ひき鯉のふりして
もういいかい、五、六度言ふ間(ま)に陽を負ひて最晩年が鵙(もず)のやうに来る

こんな歌も見られる。蛍が鯉となり鵙となって、「もうすこし」と言い「もう随分」と言っている。この揺れる心は「最晩年」を鵙の姿に見てもいる。

これは、河野が何かわけのわからないものに向かって訴えているように私には思われる。それは、どうにもならぬ時の流れ、その勢いに対する叫びなのかもしれない。

河野はこの時期、鯉をたくさんうたっているが、「鯉のふりして」という鯉の背後には、「夜はわたし鯉のやうだよ胴がぬーと温(ぬく)いよぬーと沼のやうだよ」「眠い眠い私のからだをひきこみて鯉だよおまへはと水が寄せくる」といった歌に込められた思いがひそんでいるのだろう。

「ぬーと」が繰り返される歌は、これだけを読むと、いかにも河野らしい実験作のようにも見えるが、歌集全体の流れから見ると、必死の足掻きの姿にも思われてくる。

それは鵙も同じで、別の場所では「深傷(ふかで)には弟切草がよく効くと鵙が教へき裏のひなたで」ともうたわれており、比喩は繰り返し彼女の思いのなかに登場し、一首の核となっているのである。

では、残った一首「蛍には」の歌について見てみよう。この歌の上句と下句の対応はどのように鑑賞すればいいのだろうか。「指の間の禾」という結句の止め方も珍しい。

一首の出だしから「蛍には」とくるので、この蛍とは何の比喩なのか、と、考えてしまう。指のあいだに挟まった禾は確かに痛いし痒い。いらいらとした感じの形容としてはわかるが、上句の蛍を支えているかといえば、どうもそうではない。全体にちょっと宙ぶらりんの感じである。

この歌を眺めていて思い出したのは、

第三のコースに呼ばれ立ちあがる紺の水着のなかの浜木綿

という一首であった。この歌の浜木綿は実に鮮明で、魅力的な止め方となっている。前の歌の詞書を参考にすれば、これは早く亡くなった親友の河野里子を思い出している一首のようだ。水泳の競技の前の光景だろう。浜木綿は紺の水着に描かれている模様ととってもいいし、もっと大胆に顔の形容ととってもいいだろう。この下句にはちょっと塚本邦雄の手法を思わせるものがある。同じ体言止めでも、浜木綿の結句は見事に決まっているのに、禾の結句はそうではない。この違いは、やはり一首の構成の問題であろう。

いま名前の出た河野里子は昭和五十二年（一九七七）の七月に亡くなった。先にあげた浜木綿の歌の二首前に「河野里子が死んで十九年になる。」という詞書があり、浜木綿の歌まで三首、河野里子を思わせる歌が続いている。そしてその次の歌に、私の好きな「浴室の磨硝子（すりガラス）の向かうに屈む子を大きな蛍のやうにも思ふ」が来るのである。

そしてもう一か所、「河野里子は、三十歳になるかならないで死んだ。」という詞書の付いた一首、

晩年の二十代のてがみ、桜の切手、その後のわれの三十代四十代

という歌もある。やはり自身の回りの推移を見つめている。これらは一九九二年から九三年ごろにかけて作られた歌だろう。河野四十六、七歳である。この時期、河野には寂しい歌が多い。未婚の日々を思い出している歌も多い。それらは河野里子の思い出につながり、また、病弱だった自身の若き日にもつながってゆく。（先の「死んで十九年になる」の「十九年」という年数は少し違うように思うが――。）

そうした若き日への感慨の一方で、自分に背を向けている息子の歌も数多く作り、老いを意識した歌もますます多くなってきている。家族という歌の素材は変わらないが、その表現の振幅の激しさはまだまだ続いている。

『家』

1

『家』は『体力』に続く第八歌集で、一九九五年から九九年三月までの作品が収められている。河野四十九歳から五十三歳にかけての時期である。

あとがきには「九七年（平成九年）十月の初めに、洛北岩倉の今住んでいる家に引越しをした。結婚後、各地を転々として、十数回目の引越しである。家の西側二百メートルほどの所に、長谷八幡神社の石の大鳥居がある。〈略〉こういう古い地に家を持ち、やっと定住の場を得た思いがする」と書かれており、歌集名を簡潔な「家」という一文字で決めたのにも、この思いが込められているのだろう。

この時期、河野の活動範囲はいよいよ広くなってきているが、歌集の上から見ている限りにおいては、『歳月』『体力』と続く歌の流れの延長線上にあり、私にはやや停滞しているような印象が感じられる。

一九九五年の歌から見てゆくこととしよう。

家に居るのが稀になりたるこの息子柱や襖にぶつかり歩む
繭のやうに包みて膝に乗せゐし子か母屋の鴨居にぶつかり歩む
二人しか居ない子のまづ上の子が出でてゆきたる　歯刷子置きて
薄目あけ眠れる息子を見下せりもう五、六年叩いた事がない
ぎくぎくとしたれど字には力あり履歴書やうやく子は書き終へぬ

こんな歌が、すぐに次々と出てくる。一見無防備なようだが、細かいことを気にする必要がないほど河野は自信に満ちているとも言えるし、当分、このままいくしかないと思っているようにも見える。

歌としては、一首目の「柱や襖にぶつかり歩む」など、思春期の若者のようすがうまく描写されている。三首目の「歯刷子置きて」も悪くはないが、すでに新鮮味に欠ける感じである。その次の「叩いた事がない」は、どうか。面白いといえば面白い自己流だが、歌の方向としては賛成できない感じである。次の履歴書の歌、息子が履歴書を書くところまで見ているのかと感心してしまうが、しばらく歌集を読み進むと同類の歌が次々と出てくる。

この子にはしてやれる事はもうあらず履歴書書きゐるこの固い肩
ギクギクと子が書き終へし履歴書の余白の多さ若いなり二十二

これらの歌は比較的近い時期に作られたものと思われるが、発表した雑誌が違っているので少しずつ間を置いてはあらわれてくる。歌としてはそれぞれ独立しているので問題はないと思うが、「ぎくぎく」「ギクギク」の重なりはちょっとまずかったな、とも思う。

ともかく一九九五年には子供をうたった歌が特に多いような気がする。箍がはずれたような感じである。

不意に二階がらんとなれり住みをりし上の子と猫次々に失せ
とほからずこの子も出てゆく洗ひ髪ひろげて眠る顔わかき子も
むかしの吾むかしの友に会ひしやうもうすぐ二十歳のこの子のこゑは
家を出て一年足らずの子のために三升の米を量りてもたす
上の子が使ひゐし二階に寝ころべり額のガラスに小さく映る
初めから息子など持たざりしやうな気になり寝返りを打つ
わたしにはたつた二人の子しかなく男の子の淳は家に居なくて

二首目三首目の歌は娘の紅をうたったもの。五首目の「上の子が」とその次の「初めから」の歌は並んで出てくる。息子のいなくなった部屋に寝ころんで、鴨居の額の写真などを眺め、そして、初めから息子などいなかったような気にもなって畳の上で寝返りを打っている。そんな母親の寂しい光景である。
最後の歌の淳は息子の名前だが、この下句の言い方は、箍がはずれてしまったというよりも、感情のどこかが壊れてしまっているような感じすら受ける。淳をうたった歌は歌集の後半にもしばしば出てくる。

息子だけがこころ残りのこの世なり二階にばかり住みゐし淳が
こつとんと空缶のなかに椎ひとつ落してみたり子も居なくなり
赤ワインを贅沢に開けよう今夜からからーんと一人が欠けし食卓
もう淳は帰つて来ないと下の子が二年まへの冬ポツリと言ひぬ
仕舞湯のこのやはらかさをよろこべど家族といふは三人のこと
出でゆきし息子が住みゐしこの部屋に家のどこより早く月差す

こんな歌である。繰り返し息子の不在を嘆いている。最後にあげた歌は、息子の部屋に一人で入って時を過ごしている母親の姿である。息子にとって、ありがたいには違いないが、いっぽう、気の重いことではある。

河野裕子自筆年譜（『シリーズ牧水賞の歌人たち・河野裕子』所収）によれば〈平成八年（一九九六）四月、淳、同志社大学を卒業し、「釣の友」社に入社〉とある。いま見てきた河野の歌はこの時期の前後に作られた歌である。

2

河野裕子の京都新聞連載の文章に「身体で摑み、身体で作る」（一九九五年二月十四日掲載、『わたしはここよ』所収）という一編がある。その最後のところで次のように書いている。

「短い詩型に、理屈は要らない。理屈を超えたことばを、身体が摑む。そして、身体で作る。他の人は知らない。この三十年余り歌を作って来て、手ごたえを感じたのは、この身体で摑んで、身体で作った、と実感した時だけだった。そういう時のことばは不思議なもので、現在の自分の身体と時間の、ずっと先の方を走っている。あるいは、生身の身の丈を越えている」

この文章の書かれた時期は『家』の歌が作られた時期と重なっている。私が先に箍がはずれたようだと評した部分などは、まさに彼女が身体で摑み、身体で作ったところなのかもしれない。

今後の歌の展開をしっかりと見ていかなければならない。

『家』の中で私がいちばん好きな歌をあげてみよう。

ひとつ家に寝起きしてゐし日のことを大切に思ふ日この子にも来む

この歌である。河野が自分の子供に対してつぶやいている歌だが、これは同時に、普遍的な母親の歌でもある。その深さと広がりがいい。「大切に思ふ日」といった言い方は、こうして読めば簡単のようにも見えるが、なかなかできない表現だと、私は思う。

河野は常に家族が一緒に暮らすということを大事に思ってきた。それは、先の息子をうたった歌などを読めばすぐにわかることである。その他に、この『家』には、

コスモスの花が明るく咲きめぐり私が居らねば誰も居ぬ家
ひとつ家に棲みわけてゐる自意識が夜の厨に夏柑を食ふ
鍵かけて出でてゆくとき身じろぎぬがらんどうは嫌なのだ、家
振り向くと家ごとふつと浮き上がる屋根に寝てゐる猫のせたまま

こんな歌も見られる。一首目の歌は、自分ひとりだけが家に居るという寂しさをうたったものだが、同時に、自分が家に居てしっかりと家族を待ち、守っているのだという意識のあらわれでもあるだろう。二首目の「自意識」は仕事を終えた夜中に、人を起こさないようにひそと夏柑を食べている場面だろうか。ちょっと不気味である。

三首目と四首目は並んで出てくる歌。一首目の歌では「私が居らねば誰も居ぬ家」とうたっているが、この歌では家自身が「がらんどうは嫌なのだ」と言っていると、河野は感じている。そしてその次の歌では、がらんどうになった家が浮き上がるようだとユーモアをこめてとらえている。

このように河野は家をさまざまにうたい、そこで一緒に暮らす家族のありさまをも繰り返しうたってきた。

先にあげた「身体で摑み、身体で作る」という文章にかかわるような歌では、

借り物の言葉で詠へぬ齢となりいよいよ平明な言葉を選ぶ

といった歌も見られる。次には、河野のこの「齢」の意識について見てみたいと思う。

3

子供をうたった歌や家にこだわった歌などを中心に見てきたが、ここでは、まず河野の時間に対する意識の歌を見てみたい。この意識はこれまでの歌集にもしばしば見られたもので、特に新しいものではない。

この世には少しの時間が残りゐて月光の白い花はシャガの花なり
水平にわれに近づくこの気流そよそよと澄めり生前といふ時
しろたへの大ゆりの下に書き更かすこの世の短い時を惜しみて
欠詠の若きらをもはや頼まざり私にはもう時間がない
先に死ねばやはりこの人は困るのだらう金ではなくて朝のパン夕べの飯に

こんな歌がたくさん並んでいる。気持ちはよくわかるが、歌としては精彩がないように見える。河野らしい切れがないのである。四首目の歌の「欠詠の若きら」といった言い方はこれまでにはなかったと思う。

こんな歌の流れには、たぶん、次のような歌がつながってゆくのだろう。

雑踏を逆らひ歩むズタズタの神経となり顔つき悪く
われながら人相わるくなりて来ぬ仏壇の奥の扉閉まる音せり
なかんづく神経がいちばん弱いのだ病棟裏の花柘榴の木
何年もかけて彼らを追ひ抜くよ休学の一年思ひ続けゐし
曖昧に蚊柱立ちてひぐれなり手離すのではなかつたこの子を
うちつけの歌を作らぬこの子には邪魔だらう私、私の歌が
幾そたび呑みこみ来しか灯ともさぬ終ひ湯に言ふ　もういいよ、もう

暗い歌ばかり引くことになってしまったが、これもこの『家』が抱えている大きな問題である。人相の歌は前の歌集にもあったように思うが、神経が相当に参っているような感じである。四首目の「何年もかけて」の歌。病気で一年休学したという体験は長く彼女の心に悔いを残しており、これまでもしばしば歌にしてきている。こんなかたちで歌ができてしまうというところに彼女の心弱りの深さがあるように思われる。その次の歌の「手離すのではなかつた」という言い方にはちょっと驚いてしまう。悪く言えば、子供を自分の所有物というか支配下の存在として置いておきたいという願望があらわに出ている。

その次の「うちつけの歌」というのは、思いついたらなんでもすぐそのままに表現してしまう歌ということだろう。前回触れた「身体で摑み、身体で作る」歌である。息子はもっとうたうべきことを考えて配慮しながら作っている。だから、私の歌が邪魔なのだろう、と、河野にはしっかりわかっているのだが、これぱかりはどうしようもない。最後の歌のように「もういいよ、もう」と言うしかないのである。

小説やドラマなどでは、場面場面の描写は良いとこ取りというか、都合のいいところをつないでゆくだけで筋が成立する。その裏には描写されない膨大な時間が流れている。「うちつけの歌」とは、そんな膨大な裏の時間の折々にふっと漏れてしまう感情などが否応なく定着してしまったものである。些末なものも含めて、そこに河野の歌の魅力の一つがある。

一階をひたりひたりと歩くのはあなたのスリッパ、眼が覚める再た
何やら斯(か)うアルミニウムの味のする水飲みにけり公園に来て

まったく別のおもむきを持つ二首だが、うちつけの歌という点では同じである。「ひたりひたり」とか「何やら斯う」とかいった表現の手法や発想などうまいもので、実際は、「うちつけ」にはなかなかできない。

4

『家』の歌の表現技法について、特徴的な比喩や言葉などを取り上げて見てみたい。鑑賞したいと思う歌はたくさんある。

やはらかな縫ひ目見ゆると思ふまでこの人の無言心地よきなり
水深のしづかさに似て四畳半の畳の二枚に陽が及びゐる
さびしさは身の丈出でず水中にうつ伏すやうに日暮の畳に
皿の上(へ)にひとつぶの水が光りをり梅の花びらで掬へるほどの
眩暈(めまひ)して三十年前もここに佇ちき　病院の庭かーんと無人
ごしやごしやと雑木の生垣の雑言ども、やい、柴田め何か言うてみい

前の四首は比喩の良さ、あとの二首は表現の面白さに注目した。一首目の歌の「縫ひ目」を出してきた比喩は、いかにも女性の感覚と思われ、男にはできない歌である。「思ふまで」という言い方、次の歌は「しづかさに似て」、その次は「うつ伏すやうに」、四首目は「掬へるほどの」。こうしたバラエティーに富んだ技法はなかなかのものである。どの歌も内容的には特別なことは

言っておらず、むしろ平凡な光景である。それが表現上の技法（対象のとらえ方）だけで繊細な雰囲気の歌となっている。これは評価していいだろう。

あとの二首は、前の四首の繊細さとは違って、豪快とも言える愉快な歌である。私も遠い昔の思い出の地に立って歌を作ることが多いが、この「病院の庭か－んと無人」という表現はいろいろのことを私に考えさせる。三十年前の彼女の病気、先ほど見た「ズタズタの神経」の歌など、それらが重なって見えてくるのである。

最後の歌の「柴田め」は誰なのか私は知らないが、歴史上の人物でも誰でもいいのだろう。たまりかねて啖呵を切っている、その気持ちを理解すればいい。この歌のすぐあとにさっきあげた「終ひ湯に言ふ　もういいよ、もう」の歌が来る。河野の歌の振幅の激しさはその初期から特徴的であり、何度も指摘してきたが、それらが、少し違ったかたちでなお続いているわけである。

次に『家』の歌にたくさん出てくる特徴的な言葉について見てみよう。「耳」「蛍」「匂ひ」など種々にある。「耳」「蛍」はこれまでにも話題にしたことがある。

後ろから君の耳ばかり見て歩くゐないのに大きな蛍の匂ひ
生乾きの髪を垂らして歩みつつ耳もまつ黒い蛍と気づく

この二首は並んで出てくるが、「耳・蛍・匂ひ」が特徴的な歌である。あとの歌の「耳もまつ黒い蛍と気づく」とは何だろうか。前の歌の「匂ひ」と関係してくるのだろうか。何度も読んでいると、どうも「匂ひ」とつながりがありそうである。

『家』には「匂ひ」をうたった特徴的な歌が特に多いように思う。それらの幾つかをあげてみよう。

打ち水の匂ひしてゐる午後の駅白手袋の助役がひとり

雪の日はなぜか包丁なまぐさし真水を張りてたてかけておく

他所（よそ）くさき匂ひしてゐる息子とぞ来るたび思ふ一一〇〇（イレブン）ccで来る

月あらぬ夜道に出でて笹の葉の湿りし匂ひにじつと佇つなり

この変なリアリティは何だ、みづからを埋め来しやうな手の土の匂ひ

さまざまな「匂ひ」がうたわれている。特徴的なものをあげてみた。一首目の歌の上句から下句への穏やかな展開はとてもいい。三首目の歌の「他所（よそ）くさき匂ひ」という言い方はなるほどと思う。最後の歌のリアリティもいい。いずれも、彼女の試みの感じられる歌群である。

みな「匂ひ」だなと思って見ていたら「蛇臭き雨空なれど君は言はず蒸暑く光る泥道急ぐ」と

いう一首を発見した。どうも蛇の臭いは嫌いらしい。

まことに狭い世界といえばその通りだが、河野の苦しみや嘆きが実に率直にうたわれ、また、表現の試みとしては繊細な感覚から大胆なものまで、さまざまな位相が感じられる。振幅の激しい彼女の混沌とした世界は、この『家』にも充分に見ることができる。

『歩く』

1

『歩く』は、『家』に続く第九歌集である。巻末の初出一覧を見ると一九九五年から二〇〇一年までの作品が収められている。これを『家』の歌とくらべてみると、『家』には一九九五年から一九九九年までの作品を収めたとある。つまり、この二つの歌集は作歌時期がほとんど重なっていることになる。

おおまかに言えば、『家』は「短歌研究」に連載された三十首詠や短歌研究賞受賞記念五十首詠など大作を中心にまとめられた一冊と言えるだろう。

この頃から河野の歌集出版の間隔が頻繁になってくるので、非常にわかりにくい。そこで『家』から『歩く』『日付のある歌』『季の栞』『庭』と続く河野の歌集の作歌の時期と刊行年を簡単な表にしてみた。

これを見ると、歌集の刊行年は二〇〇〇年、二〇〇一年、二〇〇二年、二〇〇四年（二冊）と、

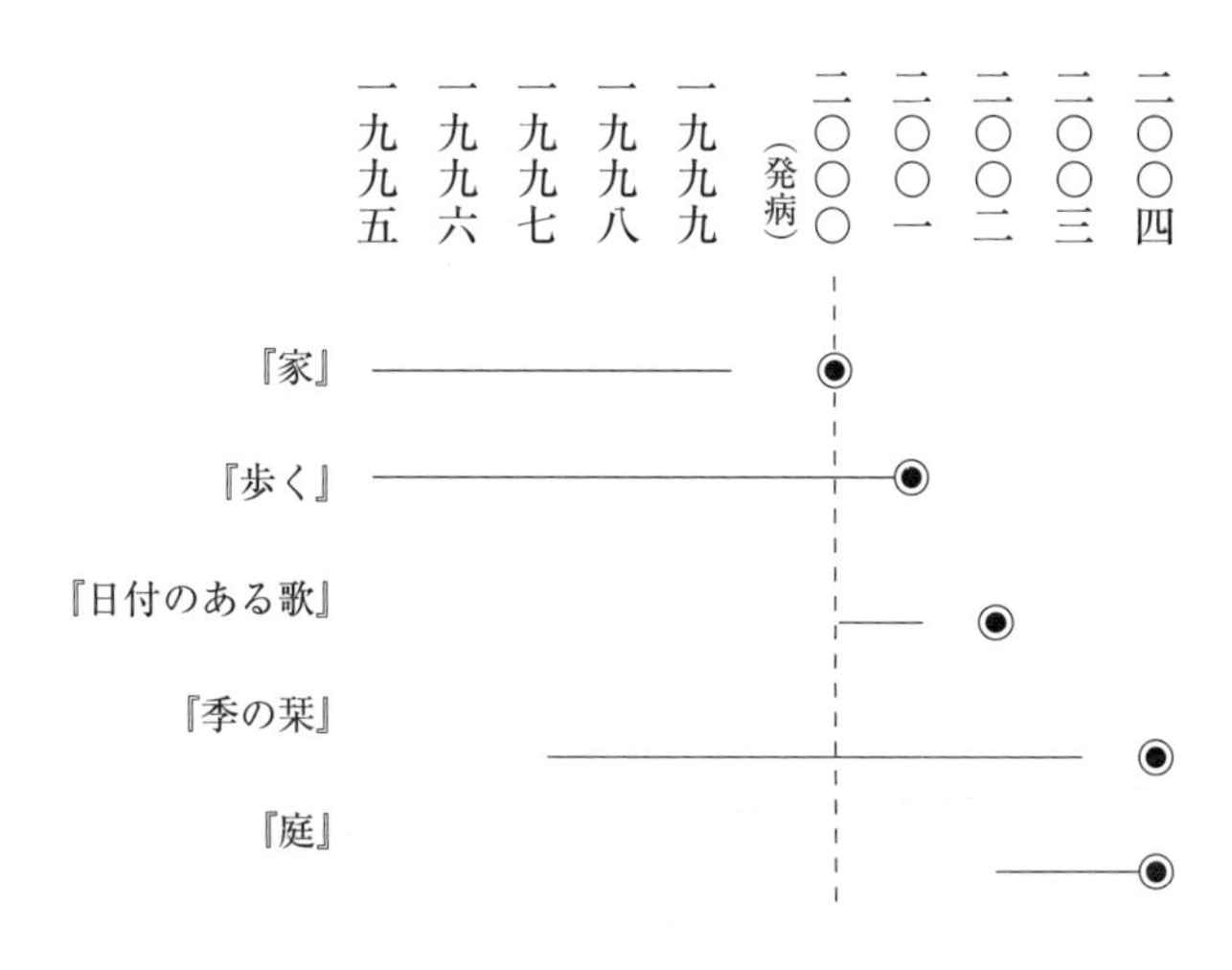

約四年のあいだに五冊も出ている。これでは作歌の時期が重なってくるのも当然である。

『歩く』のあとがきには「二〇〇〇年秋に、乳癌の手術を受けた」という言葉が突然出てくる。歌集の目次で言えば「手術前夜」という章題が、後半になって唐突に出てくる、その驚きと同じである。

しかし、当時、同時進行のかたちで河野の歌を多く読んでいた人にはこの驚きはなかっただろう。『歩く』の出た二〇〇一年には『日付のある歌』としてまとめられる「歌壇」の連載はすでに終わっており、そこに発表された衝撃的な発病の歌を多くの人が読んでいたからである。

『日付のある歌』から、癌を病んでいることを知る場面を、詞書を省略してあげてみよう。

左脇の大きなしこりは何ならむ二つ三つあり卵大なり

パソコンの青き画面に向きゐるに「何やこれ」と言うて君に触らす

※

まつ黒いリンパ節三つと乳腺の影、悪性ですとひと言に言ふ

さうなのか癌だつたのかエコー見れば全摘ならむリンパ節に転移

※

何といふ顔してわれを見るものか私はここよ吊り橋ぢやない

最後の歌は、病院を出て夫の永田和宏と会う場面である。

この「吊り橋ぢやない」という叫びには多くの人が驚き、かつ、感動したことだろう。こういうふうに言葉が直観的というか具体的に出てくるところがすごいのである。河野の絶唱の一つと言っていいだろう。

こうした歌にくらべると、『歩く』の病床詠はまことにそっけないというか、抜け殻のようにも見える。

それは『日付のある歌』のあとに作られたものだからである。『歩く』の歌をあげてみる。

明日切らるる身体であれば湯を浅う胸の辺りで暖まりゐる
あと何度こんな前夜が来るだらう下着改めて家事のメモして
ゆつくりと治つてゆかう　陽に透けて横に流るる風花を吸ふ
踏みしめて歩む身力(みぢから)失せし身を日照雨(そばへ)はつかに濡らし過ぎゆく
一文字に切られし胸を人は知らずショールをかけて風花の中ゆく
この世にはこの世の時間があるばかり風花に濡れて治療より帰る

こういう淡々としたうたい方もいいとは思うが、事情を何も知らないで『歩く』だけを読んだ人はちょっと物足りないと思うかもしれない。しかし、刊行当時は、作者も読者もそのあたりの経緯はお互いに承知の上でのことではなかったのか、と、昔を思い出しつつ私は思っているところである。

四首目の歌に「歩む身力」という言葉が出てくるので、『歩く』のあとがきの一部を紹介しよう。

「今度の病気で最も身に沁みたのは、歩くということであった。歩くという、全くあたりまえのことができなくなり、生身のはかなさと、健康の有難さを思わないではいられなかった。〈略〉歌集の題名は、迷わず『歩く』とした。〈略〉これからは、歩くことを大切に、歩けることに感謝して仕事をしていきたいと思っている」

2

『歩く』の目次と初出一覧をくらべてみると、最初のところの配列が不思議なことになっている。巻頭に一九九六年の作がきて、その次に一九八八年から一九九四年作の拾遺十一首が置かれ、そのあとに一九九五年、一九九七年、一九九八年と続く。どういう意図があったのか私は知らないが、これも作者承知の上でのことであったろう。今後、誰かが解明してくれるのかもしれない。『歩く』を最初から読んでゆくと、こんな歌が気になってくる。

三人で高野山にのぼりし日のことを寂しい晩年に残しおくなり
さびしさよこの世のほかの世を知らず夜の駅舎に雪を見てをり
あなたさへ私のさびしさを知らぬなり髪ひきつめて鏡に映す
さびしい色の朝顔の花を育てつついつか本当にひとりとなるのか

河野の寂しい寂しいという歌はこの歌集に限らず、これまでにもたくさん見てきた。「寂しい晩年」とは平凡な感慨であるが、言葉には心がこもっている。この歌の前に「晩年におそらくは居ない君のこと既視感（デジャビュ）のごとく復習（さらつ）ておかねば」という歌があるが、この夫婦は夫のほうが先に死ぬと決めて疑わなかったような感じである。

四首目の下句などを読むと、その後の彼女の病気や死を知ってしまっている現在、切ない気持ちになってくる。病気を知らなかった『家』までの日々が、寂しくはあっても、彼女にとっては幸福な時間だったのだろう。

三首目の「あなたさへ私のさびしさを知らぬなり」を読んだとき、ちょっと意外な感じがした。この夫婦はよく話をし、河野は夫をトイレの前まで追いかけていって話を続けたともいうし、お互いの歌はよく見せ合い、読んでいたとも聞いているからである。

河野裕子・永田和宏共著『たとへば君』のなかに河野の発言として次のようなところがある。

「『家』という歌集を出したときに永田が、どういう話からか忘れましたが、『お前はこんなに淋しかったのか』って言ったんです。それが忘れられなくて。うちの夫婦は私が何でも喋るんです。〈略〉あったことも思ったことも全部。これだけ話してきて、いつもいつもくっついてきた夫婦で淋しさなんて一番わかっているはずなのに、『お前はこんなにさびしかったのか』って言われて、短歌というのは生ま身の関係で喋っているレベルとまた違うレベルで、お互いの人に言わない言えない感じというのを読みあってゆく詩型だなあと改めて思いました。〈略〉表現をした時の心の底の深みが、ほんのちょっとした助詞や助動詞の違いなんですけど、歌をやっている者同士はわかるんです。そういう表現する者同士の心の通い合わせ方とか、短歌という詩型の持っている力とかを、その永田の一言で思いました。わかってくれる読者がひとりいればいいんです」

この発言は二〇〇二年にされている。夫に対する信頼感がよく伝わってくると同時に、短歌の恐ろしさのようなものも感じさせる発言である。なぜなら、そういう短歌の表現の力は作者の虚偽、ごまかしをもそのまま晒してしまうだろうからである。

河野には、短歌作品を通してその人を判断、評価していたようなところがある。これは歌人なら誰にでもあることだが、河野の場合、その信念というか価値観が人一倍強かったように私には思われる。河野は多くの歌人から恐れられていたが、その理由の一つがこれである。

夫の永田和宏が感じた『家』の中の寂しい歌とはどれだろうか。先ごろ何度も読んだ『家』の歌を思い出しつつ、「ひとつ家に寝起きしてゐし日のことを大切に思ふ日この子にも来む」か、或いは「幾そたび呑みこみ来しか灯ともさぬ終(しま)ひ湯に言ふ　もういいよ、もう」か、などと考えているところである。

3

1で、『家』から『歩く』『日付のある歌』『季の栞』『庭』と続く河野の歌集の作歌の時期と刊行年とをくらべて見てみたが、約四年の間に五冊の歌集が出されているということは乳癌の発病と無縁ではないだろう。自分の歌をできるだけ早く、たくさん、歌集のかたちで残しておきたい。そういう切実な気持ちのあらわれなのである。

かつて、第七歌集『体力』のあとがきで「この間に発表した作品は、千百余首ほどであったが、その半分を削り、ここには約五百首の作品を収めた」と書いたような余裕はもはや無く、できるかぎり全部の歌を歌集として残したいという気持ちだろう。だから、作歌時期から言えば『家』の歌の背後には『歩く』や『季の栞』の歌が寄り添うように存在しているわけである。

寄り添うようにと言えば、たとえば、『歩く』の巻頭には「よき耳」という一首があり、

捨てばちになりてしまへず　眸（め）のしづかな耳のよい木がわが庭にあり

という歌が置かれている。自分が捨てばちな気持ちになれないのは、庭に眸の静かな、耳の良い木があって、それが自分の姿を見、また、自分の声を聞いているからだという考え方は、詩として新鮮であり、魅力的である。

「眸」は記憶にないが、この「耳」という言葉の背後には、河野の歌がその初期からずっと寄り添っていると言っていいだろう。

第一歌集『森のやうに獣のやうに』の中の、

くすの木の幹に耳よせて忘れゐしこゑのあたたかさ思ひ出さうか
森のやうに獣のやうにわれは生く群青の空耳研ぐばかり
樹木らの耳さとき夜かうかうと水に映りて死者の影渡る

といった歌を思い出す。たぶん、以後のどの歌集にも耳の歌は出てくるだろう。それは比喩であると同時に肉体の感覚をも伴ったものである。『家』の歌に「国文科の学生でありし昔かな立ち昏みしては耳を押へて」という一首があるが、河野は耳に敏感なのである。

なぜこんなことを言うかというと、私が学生のころ「耳鳴り」を比喩として使った歌を作ったところ、それを読んだ友人が君も耳鳴りがするのか実は僕もだ、と親しげに話しかけてきたことがあり、それが胸に突き刺さったからである。実体の伴わない比喩はいけない。河野の耳は実際であっても比喩であっても肉体感覚に支えられていると私は思う。

『歩く』には、相変わらず子供や家をうたった歌が多くある。これまでとあまり変わらない歌といっていいが、いくつか気づいたこともあるので、それを書いてみよう。

月光の中なる二階家は魚(うを)のやう　橋を渡りてその家に帰る
長男と長女しかゐないこの家に水管(すいくわん)のやうに延びて来る月

最初の歌。月光に照らし出された家を魚のようと形容したのは彼女の力だろう。動きのある下句への展開も一首に幅を加えている。この歌は前歌集『家』の中のいくつかの歌を私に思い出させる。

乾いたり湿つたりしながらこの家もゆつくり古びて七年が経つ
振り向くと家ごとふつと浮き上がる屋根に寝てゐる猫のせたまま
水底のやうに昏れたり家の裏にまはりて二、三本マッチを擦れり

水底のように昏れた家と月光に浮かび上がった家と、これはどちらも河野の目に映った家の姿である。マッチを二、三本擦ったのはなぜだろうか。あたりの様子を見るためだろうか。いずれにしても上句の光景に対して下句には作者の行為をもってきている。ここにも河野の手法を見てとることができる。『歩く』と『家』の歌は寄り添うように存在している。
次の二首目の歌の「水管」とは何だろうか。辞書によれば貝の細い舌のようなもので、水を出

し入れする出水管と入水管の二つがあるようだ。「水管のやうに延びて来る月」とは、その貝の細い管のように月の光が家に注いでくるということだろうか。
『家』にも同じような発想の歌が見られる。

雨月夜ぬれて帰れり出水管出して漕ぎゆく貝のこころに

ここでは出水管といっている。水を出しながら貝が進んでゆくように自分は帰ってゆく、と表現している。この歌のすぐ前に「軸骨を軸とし巻けるらせん形肉は描かれず巻貝図鑑」という歌があり、出水管などもこの図鑑から得た知識なのかもしれない。
よけいなことだが、先に引いた『歩く』の歌の「長男と長女しかゐないこの家に」という言い方は、ずっと河野の歌を読んできた記憶からするとちょっと違和感を覚える。この歌の前に、息子が家を出ていってもういないという嘆きの歌をたくさん読んできているからである。この歌は一九九八年に発表されているが、『家』の出水管の歌と同じ頃に作られたのではないかと私は思っている。

4

『歩く』の中で、私の好きな歌をあげてみよう。どれも不思議な感じのする歌ばかりである。

四つ辻にわたしは立つて待つてゐる　梅の鼻緒の下駄よ、見つけて
わたくしはもう灰なのよとひとつまみの灰がありたり石段の隅
昼すぎのさびしい夢の中に来て布靴はきし子気配に歩む
生えかけの水掻きを見せてあげようか寝ころんで言ふ畳の部屋で

最初の一首は、遠い昔の日の思い出の歌だろう。梅の鼻緒の下駄は記憶にある幼いころの下駄の模様だろうか。四つ辻に立っている寂しい、寂しい私。「見つけて」が切ない。

二首目は灰の声を聞いている。なんか悲しい感じのする歌である。ひとつまみは塩の白さなども想像させる。「死んだ日を何ゆゑかうも思ふのか灰の中なる釘のやうにも」という歌もあり、突き詰めた河野の思いが伝わってくる。この歌はまだ発病を知らないころの歌だと思うが、じわじわと言葉の魔力に引き寄せられていっているような印象も受ける。

三首目は夢の歌。「布靴」は私には足袋の一種のようにしかイメージが浮かばないが、河野は別のところで「ももすもも一日(ひとひ)見歩きぽくぽくと白い布靴泥つけ帰る」ともうたっており、「ぽくぽく」といった擬音語などから察するに、これは昔の儀式というか催しのひと齣なのだろうか、

とも思う。この「ももすもも」の歌の前には「わたくしはもう灰なのよ」の歌があり、どこか物語の世界を想像させるような雰囲気がこの一連にはある。

そんなことを考えると、夢の中に出てくる布靴をはいた子もその儀式の記憶なのかもしれない。「気配に歩む」といった言い方にもそれは感じられる。この時期、河野は「気配」という言葉を何度か使っており、『家』の歌にさかのぼって見たところ、それは「風通ふ二階の部屋に眠りつつ気配と思ふ布靴はきし子の」という歌であった。この二首はどちらも一九九八年の作で、「塔」と総合誌に分けて発表されている。夢の中の布靴の気配はちょっと想像力を刺激するが、あとの歌のように二階の部屋であるのならば、布製の上履きのような靴なのかもしれない。ひょっとしたらこれも河野の幻想で、あちこちに布靴をはいた幼い子供が出没しているわけである。

最後の歌「生えかけの水掻きを見せてあげようか」を読んだとき、私はなぜか河野里子さんのことを思った。河野里子はしばしば歌に登場してきているので自然にそう思ったのであった。これは「水掻き」という一連の最初にあり、以下には、

花季早も過ぎむとしつつ宇宙蘭の中に玉乗りの少女が一人
わが家の階段を未明に下りゆきて知らぬ間に帰りき死までを会はず
この世にはまたの日といふはもうあらず君も老けゐるか死後二十年

といった歌が続いている。河野の随筆などで里子さんの不思議な振る舞いなどを知ってきているので、読んですぐにそう思ったのであった。「死後二十年」は少し違うようにも思うが、河野の年数感覚はおおざっぱなことが多いので、これが彼女の自然な感慨なのだろうと思って鑑賞する。

『日付のある歌』

1

『日付のある歌』は、『歩く』に続く第十歌集。総合歌誌「歌壇」に二〇〇〇年二月号から二〇〇一年一月号まで一年間のあいだ連載されたものである。「日付のある歌」とはまことにその通りのそっけない命名だが、連載のときからそうなっており、そのものずばりのこの名前で結局は良しとしたのだろう。

書名の如く、これまでの歌集と違ってこの歌集には一年間の日付が順番に出てくる。それがアクセントとなって、先へ先へと読み進んでいってしまう、テンポのよい一冊となっている。こういう感じは河野のこれまでの歌集にはなかったものである。河野も歌集のあとがきで、初めての試みだと書いている。

もともと河野は多作型の歌人なので、毎日の作歌はそんなに気にはならなかっただろう。この連載でもたくさんの歌を作り、その中から意にかなったものを選んで掲載していったのだろう。毎日作るだけであとはどうぞご自由にという作歌方法は、或る意味ではその人を次第に伸び伸びとさせていって、歌の世界が思わぬ方向に広がってゆくこともある。

河野のこの歌集にもそれは随処に見られる。それが次第に野放図になっていき、些末な日常に埋没しそうになったとき、人はどうするか。ここは苦しいところだろう。よほどの多力者でないと越えられないだろう。それはまたあとで考えることとして歌を読んでみよう。

「十一月十日」という日付が最初である。日付を読み、晴れか曇りか雨かなどを知り、詞書を読んで歌を読む。この情報の繰り返しに、先にも言ったように、心地良いテンポが生まれ、読み進んでゆく。当然のことながら、この詞書と短歌との関係が重要なところで、一首の幅を拡げもすれば些末にもする。そこが大事なところである。

私が最初の「息子たち来る」の章で取り上げてみたいと思ったのは次の二首であった。まず、

ごんごんと杭打つ音のしてゐしが巨大なポストが取りつけられぬ

この一首である。この歌の前には「十一月二十三日雨」とある。それ以外の詞書は何もない。そういう日はほかにも数日あるが、「ごんごんと」という歌に対しての詞書の空白は、私にはとても好ましく思われる。この歌の魅力を増していると言ってもいいだろう。

たとえば、少し前にも「十一月十五日雨」とだけ書かれている日があるが、その日の歌は「昨日見て今日また見たきみどり児に会ひにゆくなり傘かたぶけて」「午前二時過ぎる頃ほひ椿象(かめむし)を長くかかりて猫がいたぶる」という二首である。初めの歌は孫を見に行く歌である。ほほえましい歌だが、この日の詞書の空白には「ごんごんと」の歌の場合のような謎めいたものは感じられない。河野も何か物足りないものを感じたのだろう。もう一首カメムシの歌を置いている。

ここも、カメムシの歌だけだったらやや謎めいた雰囲気は出るのかもしれないが、それではちょっと自己満足に過ぎて、読者を気楽な気持ちで引っ張ってゆくことにはならない。

だから、物語的な牽引力としては孫を見に行く歌も必要なのだが、これが過ぎると些末なお話となってしまう。むずかしいところである。

もう一首。今度は、まず短歌だけをあげてみる。

二度三度すずしつと言ひたれど本番は正しく手術室といふ

この歌の前には、次のようにある。「十二月八日晴れ　NHK歌壇収録、ゲスト渡辺松男さん」。この詞書があれば歌はすぐにわかり、ちょっと笑うこともできる。私は笑うと同時に、渡辺松男はそんなに元気だったのかと驚いてしまった。はや、遠い昔の出来事である。

この歌は渡辺の「すずすしつ」という訛りをとらえ、本番ではしっかり意識してわかるように言ったと言う渡辺の姿勢に注目しており、その発見が歌の魅力としても発揮されている。この歌は詞書がなければ成立しないような一首だが、詞書と一緒になって見事に成立しており、うれしく鑑賞することができた。

詞書と歌との関係に注意しながら読んでいくといろいろと興味深い点が出てくる。それもこの歌集の魅力である。

2

次に二番目の「事多き月」という章を見てみる。十二月十日から一月九日までの歌で、年末年始のいかにも事の多そうな月ではある。十二月十三日の項に、

選歌せし三百六十枚が熱(ほめ)く上(へ)に両手をつきて立ちあがりたり

がある。河野に選歌の歌は多いが、三百六十枚という数字が圧倒的である。その上に、詞書には〈「塔」選歌徹夜〉とある。詞書と歌と両方から襲いかかってくるような迫力がある。

この歌集には「徹夜」という言葉がよく出てくるが、これは、私には信じられない。或る時な

ど、徹夜した朝に自転車で散歩にいったりしている。徹夜には強い体なのかとも思うが、たとえ昼間に熟睡していたとしても、これは良くないだろう。「徹夜」という文字を見るたびにそう思ったことである。

詞書と歌の関係について、やはり気になるところを書いてみよう。十二月十六日の項に「ガーデンパレスホテル」と詞書があって、歌には、

　キョートのナガタさん？？二度三度電話すれども要領を得ず

とある。意味がよくわからないので、そのまま飛ばして読んでいくと、十二月十九日の項に「京都にもガーデンパレスがあるとは知らなかった」という詞書とともに、

　何だ京都に居たのか　東京のガーデンパレスに泊りゐし筈のこのひと
　秒針音の律儀に聞える時計のした君は帰りて夕飯（ゆふめし）を食ふ

この二首が置かれている。ちょっと些末な感じである。

「？？」のところなど、おもしろがっている雰囲気には同感するが、内輪の歌だろう。河野も

少し気になったのか、あとの項の二首目にはなかなかいい歌を置いている。「律儀に聞える」のは夫がその下に居るからなのであろう。「夕飯（ゆふめし）を食ふ」といった言葉づかいの日常的な雰囲気もいい。河野はつくづくと夫の食事のさまを見ている。
そして、この「事多き月」の章のピークとなる事件が次に来る。「十二月二十五日」である。詞書はなく、すぐに、

　酔つぱらつて眠りをりしが起こされぬ〝淳が来た〟と低き父のこゑ

という一首が置かれており、その次に「釣の友社、自己破産」と詞書があり、三首が続く。それをあげる。

　ただそこに玄関に息子は立ちてをり寒いなりただ黙しゐるなり
　この後は何して生きてゆくならむポケットより出せり終（つひ）の給料袋
　父と子が黙し読み終へたたみたる給料明細書われは読みえず

これが十二月二十五日の項のすべてである。詞書が最初の一首の次に置かれているところが味

噌で、読者はまず「酔つぱらつて」の歌を読んで何事かと身構え、次に詞書を読んで、その事情を知るわけである。

こういう歌と詞書の引き合うようなテンポは、すぐに河野は呑みこんだようだ。この一連は事の場面を描写するだけでほかには何も言っていない。とてもうまい一連だが、以前の河野だったらこんなにべたに表現したかどうか。

やはり心の底のどこかに物語として読ませなければという意識があったのではないだろうか。

この少しあとに、「十二月二十九日　晴れ　永田上京。三省堂現代短歌辞典執筆」とあって〈A項目「馬場あき子」を書き終へぬ『早笛』以下十六冊を積み〉が置かれ、次に、「十二月三十日　晴れ　永田と『ブレア・ウイッチ・プロジェクト』」と詞書があって「つまらない映画であつた　あまつさへ階段の汚物にすべつて転びぬ」とくる。

この詞書と歌との照応はうまいものだとは思うが、前の歌では三省堂の辞典のことを知らない人にはちょっとわかりにくい些末であろうし、あとの歌では、おもしろく読ませようという気持ちが出過ぎていて、テンポよく読み進んでいって、そこで笑うだけのような感じである。

この連載が、今後どのように展開してゆくのか、河野の歌がどのように変化してゆくのか、次項以降に、それを見ていきたい。

3

2では第二章まで見たが、次の第三章以下、詞書と歌が織りなす世界をテンポよく読み進めながら、作品としては、どこか、些末な印象を受けてしまう。

そんな流れのなかで気になるのは歌ではなく、徹夜とか丸寝とかいった言葉である。徹夜は本人の場合もあり、夫や娘の場合もあるようだ。実に多い。

ここでは丸寝の歌をあげてみる。

夜も昼も丸寝する癖　枕元のみかんの皮がひからびてゆく
実験はそんなに時間のいるものかストーヴの前に丸寝せりあはれ

前の歌は一月三十一日。あとの歌は四月一日で、あとの歌の詞書には「紅、今日もあけ方に帰宅」とあり、娘のさまをうたったものである。

前の歌の上句から察するに、河野は服を着たまま寝てしまう癖があったようだ。下句にはちょっと自堕落な感じが出ている。河野の言う徹夜とは、仕事をしていてそのまま寝てしまい、途中でまた起きて仕事を続けるといった状態を指しているのかもしれない。あとの歌は、詞書によって理解が深まる。

四月七日の項には「深夜帰宅。永田も紅も不在」と詞書があって、「チグハグな暮らしの傍へに人をらず敷つぱなしの布団のしづか」といった歌があり、それぞれが忙しく自分の時間を過ごしているようすが伝わってくる。これも「日付のある歌」を書くための努力の結果であるが、読む側からすれば歌よりも物語的な内容にこだわってしまうことになりやすい。

次に、河野の身体について気になる点をいくつかあげてみよう。

湯の中に歯刷子使ひてゐるときも胃が痛むなり仕事減らさねば
つけ根から痛くなるのが身体かな玉ねぎ擂(す)りて首にも貼れり
この身体疲れゐるなり昨日(きぞ)の夜は早寝するまへ泣きたり一度

これらはみな二月の歌で、最初の歌には詞書に徹夜という文字が見え、次の歌の詞書には選歌とか原稿何枚とかいった記述が見える。こうした詞書と歌を交互に読みながらこちら側もくたびれてしまうが、このようなうたい方に河野も自足しているというか、ちょっと自虐的な姿勢になっているのではないかという気もしてくる。

最初の歌の結句「仕事減らさねば」はいかにも素直な感慨だが、表現としては賛成できない。

二首目は痛々しい感じだが、玉ねぎが効くのかどうか。いかにも自己流である。最後の歌では「泣きたり一度」をいろいろに想像して考えてしまう。身体も神経も相当に弱っているのではないだろうか。

読み進んでいって、四月の「朝顔の浴衣」という章になると比較的穏やかな雰囲気となり、読むほうも少しほっとする。しかしここでも、どうしても事柄のほうに目がいってしまうのは致し方ない興味の動きである。

何がおもしろいのかというと、詞書の内容である。順番にあげてみる。「筍ごはん四合炊く」「おはぎ四合作る」「筍入りちらし寿司四合作る」「筍入りちらし寿司五合」「ちらし寿司三合」。こんな具合である。

最初の「筍ごはん四合炊く」は四月二十五日のことで、前に「筍八本掘る」とある。これが引き金のようになって、以下に続くわけである。

もともと河野は料理を作ることが好きであったし、夫の永田が外国旅行で不在だったりしたこともあって、近くに住む孫たちにせっせとサービスをしたのだろうか。歌とは関係ないことながら、急に出てきた現象をおもしろいと思ったのであった。

六月から九月にかけての歌に、

三方より鳥居に囲まれ北側は暗い藪なりこの家で死ぬ
信女、尼、大姉と呼ばれ拝まれて長いあひだじつと死ぬのは嫌なり
この世にはあなたとの時間がまだ少し残つてゐてほしい子を押し歩む
倖せな一生なりしとまた思ふあなたと母が心残りの

こんな歌が見られる。一首目の歌は河野が住んでいた家をうたっている。第八歌集『家』のあとがきに詳しいが、長谷八幡神社の鳥居の内側に家があったのである。そのあとがきには「こういう古い地に家を持ち、やっと定住の場を得た思いがする」とあるが、結句の「この家で死ぬ」はいかにも唐突である。何があったのだろうか。次の歌は七月二十四日で、河野の誕生日である。詞書に「誕生日につき夕方より永田と出町柳のＹＡＯＹＡへ飲みに」とある。そして信女の歌がくる。これは永田と飲みながらの会話の内容を言っているのだろうか。「長いあひだじつと死ぬ」はわかりにくい。「長い間人々の記憶に残って死者として動かずにじっとし続ける」ということだろうか。いずれにしても誕生日の歌としては不思議である。

あとの二首は、永田と孫の櫂と三人で夜の散歩をしているときの歌である。九月八日の作で五

首並んでいる。最初は「眠らざる子を眠らすと出でて来し夜の稲田の昨夜(きぞ)より匂ふ」という普通の歌だが、三首目に「小さな子一歳(ひとつ)のこの子は皆忘れわれらのこゑも忘れて眠る」という寂しい歌がくる。そして、この忘れるということに触発されたかの如く、「この世には」以下の二首がくる。「子を押し歩む」と言っているが、作者は自分ひとりの世界に籠もってしまっており、その思いの果てに「あなたと母が心残り」とまで先走ってしまうのである。

河野には若いころから、先走って思い詰めてしまうようなところがあったが、これはその極とも言えるだろう。死を呼び込んでしまうような雰囲気がある。

そして、「七滝」「手術前後」という九月、十月の章が最後にくる。

九月二十日に「夜中すぎ鏡の前で偶然気づく」と詞書があって、

左脇の大きなしこりは何ならむ二つ三つあり卵(たまご)大なり

パソコンの青き画面に向きゐるに「何やこれ」と言うて君に触らす

という歌が作られる。そして九月二十二日の項には京大病院での診察がうたわれ、五つの詞書とそれに続く歌が計九首置かれている。この歌集中の絶唱と言えるだろう。詞書と、それに続く歌を一首だけあげる。

「第二外科乳腺外来、稲本俊教授エコーを見せつつ」
まつ黒いリンパ節三つと乳腺の影、悪性ですとひと言に言ふ
「病院横の路上を歩いていると、むこうより永田来る」
何といふ顔してわれを見るものか私はここよ吊り橋ぢやない
「永田と別れて、車を運転して帰る。いつもの川端通り」
荒神橋、出町柳、葵橋、橋美しよ学生たちみんな誰も、泣きつつ帰る

詞書と歌とが緊密に響き合っており、この章はぜひ、省略のない完全なかたちで読んでほしいと思う。

歌に「悪性です」とあるから、河野は医者から隠さずに告知されたのだろう。永田和宏著『歌に私は泣くだらう』にはこのあたりの事情が詳しく書かれており、河野がはっきりと告知を受けたことを永田もこの歌を読むまで知らなかったらしい。このとき河野は元気な声で呑気に話をしていたと永田は書いている。そのあとで、「私はここよ吊り橋ぢやない」といった歌を河野は作っていたわけで、はかりがたい人間性と、歌人としての力量と言うべきだろう。

心に残る歌をあと数首あげる。

さびしいよ、よよつと言ひて敷居口に片方の踵でバランスを取る
わたしよりわたしの乳房をかなしみてかなしみゐる人が二階を歩く
ああ寒いわたしの左側に居てほしい暖かな体、もたれるために
悔しがり大泣きしたるざんばらを黙し見てゐしは君と紅のみ

これらの歌も一連の流れのなかで読んでほしい。最後の二章は「日付のある歌」としてうたわれることによって見事に生きたと言える。まことに、この歌人らしいめぐり合わせだと思うばかりである。

『季の栞』

1

『季の栞』は『日付のある歌』に続く第十一歌集である。一九九七年から二〇〇三年までの歌が収められている。この約七年間の時期は、河野の第八歌集『家』、第九歌集『歩く』そして次の『日付のある歌』、この三歌集と作歌時期が重なっている。

この『季の栞』に収められた歌群の多くは、河野が季刊短歌雑誌「現代短歌雁」に一九九八年から二〇〇三年まで毎号連載した作品をもとにしている。この連載は「季の栞」と題されていたので、それがそのまま歌集名ともなっているわけである。この連載は歌数が決まっているわけではないが、だいたい二十五首が多いようである。季節ごとの河野なりの報告、記録といった意味あいなのだろう。折々に、先の三歌集に通ずるような発想、雰囲気の歌が出てくる。河野は多作であったから、同じ時期の歌がさまざまなかたちで連想を呼びつついろんな場所に顔を出している。そんな作歌工房を想像するのは楽しいが、ここから先は本人だけの秘密だろう。

季刊「現代短歌雁」という雑誌は一九八七年冨士田元彦によって発行された雑誌で、今はもう無いから知らない人も多いだろう。河野はこの雑誌の編集委員をつとめていたこともあり、冨士田とは親しかったのでこの長い連載が実現したのである。

河野はあとがきで、こう書いている。

「この六年のあいだに思いがけない病気をしたり、父の死などがあったが五十代という年代はそういうものを必然的に抱えこまざるを得ない年代であることを改めて嚙みしめている。そういう時期であったが、創刊以来の長い縁のある『現代短歌雁』が連載の場であり、伸び伸びと歌を作ることができたのは幸いであった」

この言葉のごとく、この歌集には発想も言葉づかいも伸び伸びとした感じの歌が多く、『日付のある歌』のあとに読む歌集としては、まったく違った印象を受ける一冊となっている。あとがきに「思いがけない病気をしたり」と、さらりと触れられているが、病気のことは抑えて表現されているので（何首かあるが）、気をつけて読まないとわからないくらいである。この歌集には発病以前の歌と以後の歌が同じ表情をもって収められている。

何から取り上げて鑑賞していったらよいのか、迷うが、まず楽しい歌から。

あのね、あのねと言ひてついてくる小さな子供二歳半なり

あのね、あのね、あのね膝つきて子供の背丈にその続き聞く

豆ごはんの中の豆たち三年生、こつちこつちと言ひて隠れる

子供らのあのねあのねに囲まれておばあさんはねと言ひさうになる

とろろこんぶに白湯（さゆ）を注ぎてゐるこころ帰りゆきし子らのまあだだようの声

どの歌も、一読、やさしい心の歌だなと思う。子供の背丈に合わせてしゃがみ、話を聞いている姿。思わず「おばあさんはね」と言いそうになる場面。最後の歌は子供たちの遊びの声を思い出しているのだろう。どの歌にも素直な、肩肘張らない河野の心が出ている。おばあさんといった老いを意識した歌はこれまでにもたくさんあったが、この歌のようなやさしい感じはなかったと思う。

　この歌集にも死や老いをうたった歌がたくさん見られる。うたいすぎではないかと思うくらいである。老いの歌を少しあげてみよう。

仕事して老いてゆくなり父も子も息子の方が早く老けつつ

子も猫も老けてゆくなり眠る子の傍へに猫の三角の耳

靴篦を使ふ感じを知らぬままわたしの踵が齢をとりゆく

後ろ手に寒菊見てゐるこの人の齢のとり様（やう）まだ加速する

三首目の歌の、靴ベラを使う感じを知らないとか、踵が齢をとるとか、これはおもしろい発想である。最後の歌は母をうたっているのだろう。

老けたよな　私が男友だちなら私は私に言つてやるのに　『家』
人は老いまだ老い足らず老いてゆくふくらはぎ削げし脚を動かし　『歩く』
子供らは老けてゆくなり真昼間のあをぞら閉ざしわが眠る間（ま）に　同
息子らが老けてゆくなりみどり児を抱きあげて電灯の真下に立てば　同

同じような歌を前の歌集から引いてみた。私のことも「暮しとは起伏乏しきに味があり三十年働き老いゆく史洋」（『家』）などとうたっている。ともかく、老いること、死ぬこと、この世に残っている時間、そういったことが常に気になる河野であった。

しかし私の印象としては、『季の栞』の歌のほうがやさしいというか、穏やかな感じではある。

2

次に『季の栞』の中から、気になる不思議な歌をあげてみよう。

眠たいよう眠たいようと俯きてずぶずぶ入りゆく大きな白桃
眠りへと移る意識の暗がりにああそこだつた裏の柿の木
よい天気は雨の日なりとわれも思ふ小蜜柑むきつつ皮の中に隠る
ビー玉の深いみどりの中に坐(ゐ)るれんげ草なり淋しいときは

一首目の歌は、子供のようすを見ているのだろうか。娘の紅さんが眠たがっているようすをうたった歌が『歩く』にあったが、この歌では「大きな白桃」と最後まで比喩で押し通している。そこが珍しい。二首目は思い出の歌。「ああそこだつた」など、河野らしい言い方である。

三首目の「皮の中に隠る」はちょっと言い過ぎという気もするが、鬱のかたまりなのだろう。雨の日が好きだという歌は以前にもあったが、この歌集では青空が嫌いだとまで言っている。（「なぜかうも青い空がいやなのか答へ得る一人花山多佳子」「晴れし日を凶日と思ふは去年から動悸してねむるドアを閉ざして」など）これは彼女の病気とも関係しているだろう。先にあげた『歩く』の歌に「真昼間のあをぞら閉ざし」とあったが、夜遅くまで仕事をして昼間寝ている、そういう河野の感覚も影響しているだろう。

最後の歌は、「皮の中に隠る」と同じ気持ちを別のかたちでうたっている。「淋しいときは」と

言っているが、このさびしさには、やさしい心が感じられる。やさしい感じと言えば、たとえばこんな歌、

ちょっとだけ私にくれていい筈の時間があらぬ君が日程表

偏屈な老人になりゆく筈のこの人の浴衣でありし寝巻きを洗ふ

以前だったら、一首目の歌のような感情はもっと激しく出ていたように思う。抑えた穏やかな言い方、それをやさしいと感ずるのだろう。「いい筈の」「なりゆく筈の」といった表現は一首にふっくらとした感じを与えている。

あと一首をあげてこの章の終わりとする。

孤食といふ言葉はいつから椿咲き小さなお茶碗でごはんを食べる

この歌は、一人で食事をしている寂しさをうたったものだろう。巻末の初出一覧を見ると二〇〇三年の作だから、今（二〇一五年）から十二年前である。

「孤食」は「個食」とも書くらしい。最近は辞典にも登録されるようになってきた（「孤食」と「個食」は違うという説もある）。

河野が気にしている二〇〇〇年前後の頃に新聞などに登場し始めたのだろう。

私はそう思っていたのだが、片山廣子の歌集『野に住みて』の中に「動物は孤食すと聞けり年ながくひとり住みつつ一人ものを食へり」を発見してびっくりした。片山は明治十一年（一八七八）の生まれ。『野に住みて』は昭和二十九年（一九五四）の刊行である。これによって、「孤食」という言葉は一九五〇年、或いはそれ以前にやや専門用語のようなかたちで存在し、それがのちに一般語として社会にも広まってきたのだろうか。取り敢えず、今はそのように解しておく。

なお、片山は「心の花」の歌人であると同時に、松村みね子の筆名でアイルランド文学などを翻訳し、また、芥川龍之介とも親しかったことで知られている。

3

2で、『季(とき)の栞』はやさしい感じがすると書いたが、オノマトペの多い、いらいらしているような歌はこの歌集にもたくさん見られる。それらの歌を見てみよう。

じゆじゆじゆと木から落ちゆく油蟬夜の風中に再び鳴かず

いがいがいがいがしてゐるいがいがの葈耳(をなもみ)の実を数へつつ取る
口紅をつけて老いゆく女たち日傘さらさらと葉桜の下くる
早咲きのコスモスなどは見たくなし脚力戻らずどぼどぼ歩く
こゑ出でずなりしは薬の副作用こゑカサコソと戸を閉め暮らす
日盛りにげらげらげらげら照り返す蔦の葉たちは行き場がなくて

最初の歌はどう読むのだろうか。ジュジュジュと読むのではなくジユジユジユと読むのだろうか。ま、その中間のような音数で読んでおく。鳴きながら落ちてゆく油蟬の感じがちょっと不気味に出ている。次のいがいがの歌は、言葉遊びを楽しんでいるようにも見えるが、何かを懸命に抑え込んでいる心のありようが、この繰り返しと「数へつつ」に出ているような気がする。

三首目の上句は賛成できない感じである。しかし、この上句と「日傘さらさら」とは、どのような照応を意図して置かれているのだろうか。葉桜の下の木洩れ陽を受けて日傘が軽やかに回っているようすなのだろうか。私にはちょっとわかりかねる。その次の歌は不機嫌な歌。コスモスは好きな花だったはずなのに早咲きは嫌だと言っている。この「どぼどぼ」という言い方には、推敲などもうどうでもいいやといった放り出した感じが出ている。次の歌の「こゑカサコソと」には切ないような遊び心が出ている。

最後の歌の「げらげらげらげら」はどうだろうか。蔦の葉が光を反射しながら風に吹かれているようすだろう。日盛りにどこへも行けず照らされている蔦の葉、それを痛いような気持ちで見ているのだろう。ぎらぎらとげらげら、笑い声の幻聴などもあったのかもしれない。

『季の栞』の項で、青空が嫌いだという河野の歌をあげたが、この一冊の中でも青空のうたい方が徐々に違ってきているのがわかる。その違いがよくわかる歌を何首かあげてみよう。

青空が昏れゆくときの冷えし青冬木の梢ごしにさらさらと見ゆ

青い空とてもにぎやかに晴れながら昏れてゆくなりまだ青いまま

「さらさらと見ゆ」とか「にぎやかに晴れながら」など、どのように鑑賞すればよいのだろうか。河野は青空が暮れてゆくときの、底冷えのするような青さを見つめているのかもしれない。

これらの歌が「げらげらげらげら」の歌の前に見られる歌である。次に、そのあとに出てくる歌を見てみよう。

青空は見上ぐるならず吸ひこまれ髪めらめらと仕様なくなる

動悸してゐる影と思ひて見つめつつ歩みゆくなり青空不安
さびしさが私をどうにかしてしまふ青空の下キャベツを下げて
晴れし日を凶日と思ふは去年から動悸してねむるドアを閉ざして

懸命に生きて、歌を作ろうとしている河野の姿が浮かんでくる。「動悸してゐる影」とは自分の影だろう。肉体の動悸を意識しているが、神経が弱っているようにも感じられる。「キャベツを下げて」は、いかにも河野らしい必死の叫びである。

河野の「悪いほうに考えちゃあ駄目よ」という文章（二〇〇四年五月執筆、『わたしはここよ』所収）を少し引いてみよう。題名となっているこの言葉は森岡貞香さんが電話で河野を励まして言ったものである。

「病は気からということばがあるが、あれは半分は当たっているけれども半分は違うような気がしている。こんど病気をしてからの実感である。率直に言えば、気は病からというのも半分は当たっていると思う。病気の苦しみは正気をなくさせることがあることを、この三年のあいだ私は思いしらされたからである。青空はまだこわいが毎日が青空の日ばかりではあるまい。悪いほうに考えちゃあ駄目よと森岡さんは言ったが、このことばにもうひとつ自前のことばを付け加えるなら、ゆっくりと、だろう。」

いらいらする気持ちを歌の世界に発散させながら、彼女はその苛立ちのなかにも「ゆっくり、ゆっくり」と自分に言い聞かせていたのだろう。

4

『季の栞』の中には昔の思い出をうたった歌も多い。これまでにも何かをきっかけとして思い出の歌が噴出することがあったが、この歌集にあっては、かなり日常的な発想として感じられる。そこに、やさしさや寂しさが漂っている。歌をあげてみよう。

お母さんは迷子にならないと信じゐし子らはしつかりと吾につかまりき
生真面目な学級委員で通したる自分の顔が思ひ出せない
気のつよき助産婦なりき伊藤きぬゑ叱り飛ばして子を産ましめき
年寄りのこの枇杷の木が五十年小さな実をつけあの時の子かと言ふ
戸口戸口に日の丸垂れてゐしむかし健気に残る勤労感謝の日
巫女のアルバイトしそこねし思ひまだ残り八坂神社の前を通れり
よくあたる手相見居りし門の下渡りゆくなり歳月三十年

一首目の歌。こういう歌がなんの脈絡もなく突然に出てくるところが不思議である。河野は巡りの何かに反応しているのだろう。読む側としては河野の随筆を思ったり、アメリカ生活でのことかなと空想したりする。この歌の要は上句の感慨にある。あの頃の子供たちは私を信じて可愛い幼さにあったなあという思い。過ぎた時間を懐かしむ気持ちがこの歌を作らせている。だから、読んでちょっと悲しい気分になるわけである。

二首目は、その前に置かれた歌に試験前の筆箱が出てくるから、そこからの連想だろうか。その次の歌と共に河野にだけわかればいいような歌である。

次の枇杷の木の歌。河野には樹木と心を通わせているような歌が多い。この「五十年」は長い時間が過ぎて、くらいの意味だろう。「あの時の子か」は、これも河野にだけわかればいいことだろう。自分勝手な歌だが、想像すればその気持ちはわからなくはない。それでいいのである。

あとの思い出の歌も特にすぐれた歌というわけではないが、河野の昔を懐かしむ気持ちはよく出ている。

思い出の歌をあげてきたが、三首で対になっているおもしろい歌があるので、それを鑑賞してみよう。こんなふうに並んで出てくる。

焼サンマ食べに行きたる一膳飯屋上の子連れし悪阻のわれは

男客ばかりの一膳飯屋に子をつれて座りゐし日は夢の影にか

たつた今わたしはわたしに会ひしなり床(ゆか)にうつ伏しゐし顔あげしとき

「一膳飯屋」という言葉にこだわっている。前の二首に出てくるが、調べがぎくしゃくするのもかまわず、あえて使っている。何か思い入れがあるのだろう。そして、三首目の歌。この歌を読んだとき、ああそうか、この歌を活かすために二首をあえて前に置いたのか、と思った。

気持ちが悪くなったりして床にうつ伏し、顔をあげたときに遠い昔の一場面が目に浮かび、そこに当時の自分の姿をまざまざと見たというのだろう。真ん中の歌の結句「夢の影にか」は河野にしては稚拙な感じだが、ここで両側の歌をつなげたいという河野の意志のようなものが私には感じられた。

思い出の歌について書いてきたので、それにつながる歌を二首あげて終わりとしよう。

喋り過ぎすつからかんになつてしまひ馬穴(バケツ)のやうにがらんと転がる

ながいことブリキのバケツを見ざること母に会はざることにも似たり

話し好きの河野らしい歌で、思わず笑ってしまう。ここは「馬穴」が効いているので、あとの歌にこれをもってきたらちょっとおかしいだろう。ブリキのバケツは本当に見なくなった。

『庭』

1

第十二歌集『庭』に入る。この歌集には二〇〇二年から二〇〇四年までの三年間の作、四百余首が収められている。発行は二〇〇四年十一月二十五日。前歌集『季の栞』の発行が二〇〇四年十一月三日であるから、この二冊はほとんど同時期に発行されている。『季の栞』には一九九七年から二〇〇三年までの作品が収録されているから、制作年が二年ほど重なっている。

先にも記したように『季の栞』は「現代短歌雁」に連載されたものを主としてまとめた一冊であるから、二〇〇二年、二〇〇三年の歌については、その連載以外の歌をまとめて『庭』に入れたと見ることができる。

三年間の作品をまとめたこの『庭』は、第十歌集『日付のある歌』の制作期間一年に次いで短い期間での作をまとめた一冊である。しかも前二年の作は『季の栞』とも重なっている。河野がいかに多作であったかを示している。

あとがきに「本歌集はこの期間に発表したもののほぼ全てを収めることにした」「この時期は

手術の後ということもあり、心身ともに不如意であった。家族にも心労をかけ続け申し訳ないことである」などと書かれている。家族への配慮の言葉はこれまでのあとがきには見られなかったもので、珍しい。

あとがきには更に、歌会に復帰して大いに刺激を受けているとか、これからが歌人としての本番だとか、元気のいい発言も見られる。そういえば『季の栞』のあとがきにも、これからが本番だという言葉があったと思って読み返してみたところ、この二冊の歌集のあとがきは同じ「二〇〇四年九月二十七日」に執筆されているのであった。河野は、歌人として再出発をしようと心に固く誓っていたのであった。

なお、歌会に復帰したというこの歌会は、「塔」の歌会を指してもいるだろうが、京都で開かれていた超結社の歌会のことなども意味しているのかもしれない。二〇一五年に「神楽岡歌会一〇〇回記念誌」という雑誌が大辻隆弘、吉川宏志、中津昌子らの努力によって出され、そこには河野裕子のことも出てくる。何かの参考にはなるだろう。

さて、『庭』の歌を見てゆくことにしよう。二〇〇二年に河野は父如矢（ゆきや）を亡くしており、その歌は『季の栞』にも『庭』にもたくさん出てくるのだが、どうもあまり取り上げたいと思うような歌がない。

「父の死」と題する十首の中からあげてみよう。

二日まへに京都の家へ来てくれしつきゐし杖も柩に入るる
抱へあげ柩に移しし三人の中の一人に淳が居るなり
火葬炉のスイッチを押しき二度押しき泣かざりしかも長女のわれは
遺骨持ち長女のわれは棕櫚そよぐ父の家に向きお辞儀をしたり
渡り廊下ゆき戻りしては金箔の明るい暗い仏前に座る

前の三首は出だしの三首で、そのまま引いた。私がいいと思う歌は四首目にあげた「遺骨持ち」の歌である。

一首目の歌は「来てくれし」と「つきゐし」のつながりが気になるし、二首目では「淳が居るなり」が活きていない。三首目も普通の歌だろう。今の火葬場は自動的に火が付くのだろうか、遺族がスイッチを押すことはないような気がする。遠い記憶では、祖母の葬儀のとき従姉が嗚咽をこらえながらスイッチを押した瞬間を覚えている。河野は父の火葬の際、泣くのをこらえてスイッチを押したのであった。四首目の歌は「棕櫚そよぐ」以下の表現がとてもいい。最後の歌から、私は河野が正月に三方か何かを捧げて渡り廊下をゆく歌を思い出した。残念ながら、いま探しても見つからない。この歌の「明るい暗い」は意識してやっているのかどうか。

『庭』の最初の章に「昭和三十年代」という詞書と共に、次の歌、

神棚を先づは拝みて繻子（しゅす）足袋の足裏きれいに父は座りき
瓦まで輪郭ただしく見ゆる日の元旦といふ日いつより失せし

が見られる。父の家を思い出している歌だろう。これらの歌からしばらくして、父は亡くなった。

河野は亡き父をしばしばうたっている。次の歌集である『母系』と『葦舟』から数首を挙げておこう。

如矢（ゆきや）さんはもう死にましたか　ええ　とほいこゑで　然（さ）う　と言ふ　『母系』
いくたびも夢に現るる父無言死ぬを知らずに死んでしまへり　同
死に顔の澄みゐし父と痩せ枯れて頬骨浮きて死にゆく母と　同
ひとごとのやうにその日も晴れてゐて父は死んだと聞かされたのだつた　『葦舟』
如矢（ゆきや）さんあなたはほとんど私だつただから打つたのだ男下駄つかみて　同

淡々としたうたい方だが、最後にあげた歌などには、河野らしい力強いところが出ている。結句の「男下駄つかみて」に迫力がある。

2

『庭』に戻って、もう少し別の歌を見てみよう。この歌集には元気のない歌が多いが、それでも二〇〇四年になると、いくらか回復してきたかなと感じられる歌が見られるようになる。いろんな擬声語や擬態語を使って一首を作りあげ、そうすることによって自分に元気を与えてゆくという作り方である。

言語中枢のたりくたりと引つぱりて現れ出づるぞやつとなあやつとなあ
ひとりぺたんとこの世に残され何とせうひいといふほど椿が落ちる
まつすぐに降りくる雨はもう五月ようしやあよつしやと筍伸びる
我慢して生きてゐなくていいのよとぽちよんと言ひて金魚が沈む
遠く住む娘と思へず晴れし日は布団を干しやりふくふく取り込む

こんな歌はどうだろう。口語的な発想と旧仮名づかいの文字面とが、不思議な効果をあげている。

一首目、言語中枢は言語活動をつかさどる中枢神経のことだから、頭を一生懸命つかって歌をひねくりだしているよ、といった意味だろう。歌を作りながら言葉を楽しんでいるわけで、河野が元気になってゆく兆しである。

二首目、寂しいことを言っているが、全体の印象としては余裕がある。追いつめられたような感じではない。三首目の「ようしやあよつしや」は得意の表現だろう。最後の一首は、娘の紅さんが大学院を終えて東京に移住したあとの歌である。「ふくふく取り込む」が成功しているかどうか疑問だが、河野は確実に立ち直りつつある。それは確かだろう。

「河野裕子自筆年譜」(『牧水賞の歌人たち・7　河野裕子』所収)の平成十四年(二〇〇二)の項の終わりに「この頃より、不眠に悩まされ、精神のバランスを崩しやすくなる」とあるが、このことは河野自身の随筆にも永田和宏の『歌に私は泣くだらう』にも詳しく書かれている。

『庭』にも、それに関する歌が少し見られる。

薬害に正気を無くししわれの傍に白湯つぎくれる家族が居りき

このひとをあんなに傷つけてしまつた日どの錠剤も白かつたのだけど

こんな歌がそうだろう。おとなしい歌である。こういう歌を作ることができる、そのこと自体、元気になりつつある証拠のように思える。

そんな、元気になりつつあるときに、精神がふっと高揚して、

今ならばまつすぐに言ふ夫ならば庇つて欲しかつた医学書閉ぢて

こんな歌を作ってしまう。これはかつて河野に乳癌が見つかったとき、夫が医学書を調べてばかりいたことを批判している歌である。わかる人にはわかる歌だが、やや唐突ではある。そして、その少しあとに、

このひとを伴侶に選びて三十年粟粒ほどの文句もあらず

という歌が出てきたりする。河野の揺れ動く心の状態がそのままにうたわれているわけだが、全体としては、集の後半近くから歌に精彩が感じられるようになる。そう言っていいだろう。

3

『庭』の中で私がいちばん好きな歌は、

　あなただけ私の傍に残りたり白い牡丹だよと振り向いて言ふ

この歌である。

私は正岡子規から現代までの牡丹の歌を集めて、そのうたわれ方の変遷などを調べたことがある。少し例歌をあげてみよう。

　はしきやし少女（をとめ）に似たるくれなゐの牡丹の陰にうつうつ眠る　正岡子規『竹乃里歌』

　春の花わがいきほひの半ばにも足らでほこれる牡丹を切らむ　与謝野晶子『佐保姫』

　牡丹花は咲き定まりて静かなり花の占めたる位置のたしかさ　木下利玄『一路』

　大輪の牡丹かがやけり思ひ切りてこれを求めたる妻のよろしさ　古泉千樫『古泉千樫歌集』

　風もなきにざつくりと牡丹くづれたりざつくりくづるる時の来りて　岡本かの子『浴身』

　散るときも牡丹の花は美しき一日のうちに重なりて散る　中村憲吉『軽雷集以後』

こんなふうに、明治以後牡丹はたくさんうたわれ続けている。子規の牡丹は伊藤左千夫が贈ったもので、明治三十三年、病床での作。次の晶子は牡丹に対抗意識を燃やしている。利玄の歌は額縁の中の絵のような、典型的な歌。千樫の歌は貧しい生活のなかの喜びのひととき。かの子と憲吉の歌は牡丹の花の散るときをうたっている。憲吉の歌のほうがゆったりとした時間が流れている。これも、子規と同じように病床から牡丹の花を眺めている歌である。

たくさんの牡丹の歌を見てくると、当然のことながら、どの歌も牡丹を中心にしてうたっていることがわかる。ほとんどの歌がそうだと言っていいだろう。

しかし、河野のこの歌は違うのである。上句の感慨は比較的多くの人が抱くものと言っていい。それに対して、この下句はどうだろうか。私が思うに、これは簡単にはできない技である。河野が部屋で上句のような感慨を抱きながらぼんやりと座っていたとき、庭を見ていた夫が急に振り向いて、白い牡丹が咲いているよ、と声をかけてきたというのである。上句から下句への展開の意外性、その意外性の中心に牡丹がある。こういう牡丹のとらえ方は珍しいし、とてもすぐれていると私は思う。

この歌は「白い牡丹」という二十首の中の終わりから一つ前に置かれている。この二十首は「歌壇」の二〇〇四年六月号に発表されたらしい。一連の中には、

日傘さしてわたしが居たのはもう昔寺山修司が詩なんか書いて
またもとの二人に戻りてたくさんの茶碗と皿を背にして食べる
夕刊三紙陽にぬくもるを取り込みてさてこれからも長い独りの時間

こんな歌が見られる。一首目の日傘の歌では遠い昔を思い出して懐かしんでいる。第十四歌集『葦舟』には「日傘さしあなたを待つてゐた時間、あのまま横すべりに時間が経つた」という歌があるが、こちらの歌のほうがもっと率直に昔を懐かしむ河野の気持ちが出ている。

その次の「茶碗と皿」の歌は、最初にあげた白い牡丹の歌につながってゆくものだろう。二人だけになってしまった今の暮らしをうたっている。その次の歌の「長い独りの時間」は、残っているその一人さえも傍にはあまりいてくれない寂しさをうたっている。

昭和五十九年（一九八四）刊行の第四歌集『はやりを』で「たつたこれだけの家族であるよ子を二人あひだにおきて山道のぼる」とうたってから二十年、この『庭』では夫と二人の暮らしや独りの時間がうたわれているが、その背後には子らの存在を思う河野の心が常にある。子らと過ごした日々の思い出の集積。これは、親の気持ちとしては当たり前のことと言えるのかもしれないが、河野の家族をうたう姿勢にはどこか切実な寂しさのようなものが横たわっている。この寂しさは、その初期からしっかりと歌の中にあらわされている。
河野の歌が自分の家族をうたっても狭い個人の世界にとどまらず、他者とつながる広がりを持っているのは、発想の根底に、人間という存在が持たざるを得ない切実な寂しさ、そんなものにつながる姿勢があるからなのだろうと私は思っている。

4

河野の寂しい歌について見てきたので、次には愉快な歌をあげてみようと思って探したのだが、この『庭』には、心底愉快といった歌は見られないようだ。
こんな歌はどうだろうか。

お婆さんお婆さんと誰か言ふ振り向かないよキャベツが重いから
耳の先かじられ帰り来し猫をひきずり込みて布団に眠る
同僚といふもの持たぬ暮らししてうだうだと飲む酒を知らずも

最初にあげたキャベツの歌は、河野の気持ちとしては少しユーモアを込めたつもりなのだろうが、やはり、読後には何かにがいものが残る。前歌集『季の栞』の「さびしさが私をどうにかしてしまふ青空の下キャベツを下げて」という歌を思い出したりもする。やはり、愉快というよりも寂しい歌なのである。次の歌は河野に多い猫の歌の一つである。「ひきずり込みて」あたりにちょっとしたユーモアはあるが、やはり全体としては寂しい感じがする。

最後の歌は、河野らしい視点の歌である。おもしろいとは思ったが、「うだうだと飲む酒」は同僚とは関係ないぞ、と反論もしたくなる。ずっと読んでゆくと、愉快な歌はないが怒りの歌ならあるという気がしてきた。これまでにも怒りの歌はしばしば見られたが、今までの歌は開放的な怒りの歌という感じだったが、この歌集ではちょっと陰湿な、憎悪のこもったものとなっているような気がする。

賢くて如才なき奴が多すぎるさういふ奴が私を踏むよ
太つた太つたと言はれずとも分つてゐる踏み込むな誰も私の身体に
のりしろをいつもはみ出す糊のやう、ああめんどくさいこの人の電話
血縁が最も近き悪意なり日向道がらんと犬も通らず

こうして例歌をあげてみると、そんなに陰湿な感じはしない。かといって外に向かって叫ぶような怒りでもない。宙ぶらりんの発想という気がする。どうして、陰湿とか憎悪とかいった印象

を受けたのだろうと考えて、これらの歌の前後を見てみた。

最初にあげた歌のあとに「やつとこさ正気の今日の綱渡り早寝をするよ誰からも逃げ」という歌があり、「誰からも」あたりには「賢くて如才なき奴」を連想してしまう。

次の「太つた」の歌の前には「太るのが副作用と言はれ機嫌わるく服み始めしより三年となる」があり、二首を合わせて読むと、河野のどうしようもない怒り、そして悲しみが伝わってくる。次の「のりしろ」の歌はおもしろい比喩である。この比喩によって、堪忍袋の緒が切れそうな下句をかろうじて抑えている。

最後の歌は、上句と下句の照応に何か妙があるのか、そこが勝負だが、成功してはいないようだ。

河野の歌は年を重ねるごとにわかりやすくなり、比喩にもあまり突飛なものはなく、自然体となってきている。


夕ごはん今夜もひとりで食べ終はり絎け縫ひのやうな時間が残る

この歌の下句の比喩はどうだろうか。「絎け縫ひ」という言葉から受ける印象は男と女では違うだろう。私には比喩として湧いてくるものがない。たぶん河野には自然な発想だったのだろうと思うだけである。

先にあげた「夕刊三紙陽にぬくもるを取り込みてさてこれからも長い独りの時間」という歌を思い出すが、この歌は「陽にぬくもるを」に一首の焦点がある。こちらはわかる人が多いだろう。

　消しゴムの汚れ取るためもう一個の消しゴム探す二階（うへ）に行き下に行き
　消しゴムの汚れを消しゴムで消してをり二つの消しゴム柔かくなる

この歌集には消しゴムの歌が多い。それらの歌にはわかりにくいところはない。しかし、何度も読んでいると、なぜ、そんなにもこだわるのか、という疑問が湧いてくる。偏執狂のような感じである。

こうした歌は、河野が必死に耐えている姿勢の一つと考えていいのだろう。精神の平衡を保とうとする必死の努力、そんなふうに読めてくるのである。

『母系』

1

『母系』は河野の第十三歌集で、二〇〇五年から二〇〇八年までの四年間の作が収められている。次の第十四歌集『葦舟』には二〇〇五年から二〇〇九年までの作品が収められているから、この二冊の歌集は四年間分が重なっており、『葦舟』には新しく二〇〇九年の分が追加されているわけである。

「母系」という歌集名は、集中の最後のあたりに同名の章題があり、そこから採られている。これは、二〇〇八年の「歌壇」十月号に発表されたもので、その一連の最後の一首が、次の歌である。

何代も続きし母系の裔にして紅(こう)とわたしの髪質おなじ

ここに「母系」という言葉が使われている。二〇〇八年という年は河野にとって最悪の年であった。八年前に手術した乳癌の転移が見つかった年であり、また、母の河野君江が亡くなった年でもある。

『母系』のあとがきの書き出しは「今朝、母が亡くなった」である。これはあとがきの出だしとしては珍しいだろう。日付が「平成二十年九月三十日」となっているので河野の年譜を見てみると、確かにその日に母は亡くなっている。あとがきは、どうしてもこういうかたちにしたかったのだろう。河野の信念である。

『母系』は、前歌集『庭』の続きとして心身の痛苦に耐える日々の歌が続くが、後半は、病む母を思う歌が中心となってくる。

病む母をうたう日々、自分の癌の転移についてはわかっていたはずなのだが、『母系』の中にははっきりとうたわれてはいない。だから、うっかりするとあとがきを読むまで気がつかない人がいるのかもしれない。

数知れず検査を受けゐるこの身体死なむとしゐる母も見舞はず

八年まへ車椅子にて運ばれきあの青空がやつぱりねえと降(お)りて来たりぬ

こんな歌が先の「母系」という一連の中にあり、あとの歌の下句の表現には押し殺した河野の呻きのようなものが感じられる。「あの青空がやっぱりねえ」とは大変な抑制力である。

しかし、『葦舟』のほうにはもっと大胆に癌の転移がうたわれており、この二冊の歌集をしっかりと峻別して出そうという河野の意志が、はっきりと感じられる。

『母系』に癌の歌を入れなかったのは、母の死と自分の癌と、歌の内容が二つにわかれることが嫌だったのだろう。ここは「母系」でいきたかったのである。

ところで、「母系」という言葉は第一歌集『森のやうに獣のやうに』の中にすでに見られる。こんな歌である。

水かがみしわしわ歪むゆふまぐれわれにありたる母系も絶えぬ
星ごよみ壁に古びぬ母系こそ血もて絶たれし母のまた母の家

母系が絶えるということにこだわっている。河野の第一歌集には、明るい活発な面と暗い陰湿な面と、その両方が混在しているが、母系の歌は暗い面の歌だろう。出来はよくないが、四十年ほどの歳月を経てまた河野の歌に大きなかたちで登場してくる。そこに興味を覚える。

『母系』のあとがきをもう少し引いておこう。

「この歌集名はわたしにとって必然のものであった。母という生命の本源は、歌人としても、ひとりの女性の思いとしても、わたしの最も大きなテーマであった」

河野のそんな思いがこもっている、やさしい歌を数首あげてみよう。

をんなの人に生まれて来たことは良かつたよ子供やあなたにミルク温める

お母さんになつてからの日々春ごとにれんげが咲いてゆつくり老いた

お母さんあなたは私のお母さんかがまりて覗く薄くなりし眼を

君江さんわたしはあなたであるからにこの世に残るよあなたを消さぬよう

このひとのこの世の時間の中にゐて額に額あてこの人に入る

最後の歌の「このひと」はもちろん君江さんだが、「この世に残るよあなたを消さぬよう」とか、「額に額あてこの人に入る」とか、読む側がせつなくなってくるような必死のうたい方である。

2

先にあげた五首の真ん中、「お母さんあなたは私のお母さん」という歌に、「薄くなりし眼」という表現が出てくる。この時期、「お母さん」という言い方がたくさん出てくるが、これはもう人の思わくなどどうでもいい、自分ひとりだけの手放しの叫びである。そんなふうに叫びながらも、母の目をじっと見て観察している。

このひとにこれから何度あへるのか山羊の眼のやうに色あはき眼(まみ)
薄い目をあけて私を見る人が今ひしひしとたつた一人の母
みんないい子と眼を開(あ)き母はまた眠る茗荷の花のやうな瞼閉ぢ

こんな歌がそうである。
「山羊の眼のやうに」「茗荷の花のやうな」など、河野の比喩としては特別なものではないが、こうした観察の姿勢が一首の発想を支え、また生きてゆく力となっているということは言えるだろう。
ところで、次のような歌はどうだろうか。

振り向いて疲れるなと言ふ君の顔眼のおくゆきが深(ふか)うなりゐる
君は君の体力で耐へねばならないと両肩つかんで後ろより言ふ
臨終の身は六十兆の細胞の死ですかページ開けたまま振り向きて問ふ

ここでうたわれている相手は夫の永田和宏であるが、一首目の歌の下句の表現には河野らしい言語観が感じられる。目の奥行きが深くなっているというとらえ方は、河野独特の比喩でもっていろいろに表現できたはずである。それをしなかったのは、初句の「振り向いて」を活かすためだったのだろうと私には思われる。下句に魅力的な比喩がきたりすると、「振り向いて」がじゃまになるような気がする。

その次の歌、これは下句に重点がある。想像するに、河野の癌の転移がわかったあとの会話であろう。だから、君は君の体力で耐えなければならない、と、言っているわけである。とてもつらい場面だが、そこを、この抑制の効いた下句の表現がしっかりと支えている。

三首目は、永田和宏の著書『タンパク質の一生』を読んでの作である。この歌の上句のようなことが本の中に書かれていたのだろう。河野はそれを自分の死に引き付けて三首の歌にしている。これはその中の一首である。この歌でも、眼目は結句の「振り向きて問ふ」にある。

『庭』の3で、私は『庭』の中の好きな歌として、

あなただけ私の傍に残りたり白い牡丹だよと振り向いて言ふ

をあげた。この歌の「白い牡丹」は「振り向いて言ふ」に支えられて輝いているのであった。いまあげた三首はこの牡丹の歌と同じ手法ではあるが、私はそれぞれに自己を主張している良い歌だと思う。三首目の歌の「振り向きて問ふ」はいちばん類似のかたちをとっているが、この歌は「ページ開けたまま」に眼目があり、それが一首を支えている。

これらはどれも夫をうたった歌である。河野の手放しの嘆きの歌などを思うとき、これらの制御のとれた歌の存在には興味深いものを覚える。まったく振幅の大きい作者ではある。

最後に、手放しの嘆きの歌をあげておこう。

いい嫁でいい子でいい母いい妻であらうとし過ぎた　わたしが壊れる

何も言はずずつと傍に居て　あなたにも子らにも言ふだらう母のやうになれば

わたしらが母を囲めど父居らず子より死ぬとき伴侶が大事

最後の「伴侶が大事」などという言葉は、私に河野が最後に作った歌（「手をのべてあなたとあなたに触れたきに息が足りないこの世の息が」〈『蟬声』〉）を思い出させる。

3

『母系』を読んでいて気になる特徴的な表現をあげてみよう。それは、こんな歌である。

この母に六十年まへは鮮らしく上海(しゃんはい)租界の地図まで描ける
初めから実母を知らざるこのひとに母が失せゆくさみしさを言ふ
うつ向いてものを書くときこのひとは何とわたしから遠いのだらう
照りつけるこの夏の日に地面には深い穴なりわたしの影は
この母にこんな晩年が来ることを知らず逝きたる父がかなしい
この庭のしぐれの中のコスモスを一輪一輪かぞへて歩く
ものかげの多きこの家(や)にひとり居てそのものかげを引きつれ歩く

煩雑になるからこの辺でやめておくが、『母系』には「この」という言い方がとても多いのである。「この母」「この人」「この夏」「この庭」「この家」、ほかに「この子」「この寺」「この五年」「この世」「この青空」など、じつにたくさん見られる。

一首目と五首目に「この母」という言い方があるが、ことさらに強調して「この」と表現する河野の気持ちを私は思うわけである。

「この人」はほかにもたくさん出てくるが、その多くは夫であり、また、母のときもある。ここには二、三首目に夫をうたった例をあげてみた。河野は夫の永田和宏をさまざまにうたっている。名前をそのまま直接出す場合もあり、「君」「あなた」と表現する場合も多い。そんな中にあって、夫を「この人」と表現する際の河野の心の微妙なあり方を考えてみる。夫を自分とは違う他者としてじっと見つめている、そんな時間を思わせる。

夫を一人の他者として見る視線は特に珍しいものではなく、むしろ一般的な心情と言えるが、河野の場合、それがこんなに多く歌の上にあらわれているのは珍しい。

最後にあげた歌の「この家に」はどうだろうか。普通に「家なり」とすることもできるのに、敢えて「この」と言っている。夏や庭、母、子供などにも「この」と付けるのは、それを、しっかりと自分の現前のものとして把握したいという強い願望だろう。

人に「この」を付ける場合には微妙なところがある。

　このひとのこの世の時間の中にゐて額に額あてこの人に入る

　このひとはもうとほい所へ行つてゐる　障子の向かうに雨降る匂ひ

これらは病床の母をうたっているが、「この母」と表現した場合よりは、少し突き放した親子のありようのようにも感じられる。しかし、前の歌など、「このひと」「この人」と二度繰り返して強調しており、これは、しっかりと「この（母である）人」と認識したいという河野の強い心のあらわれである。

このひとはだんだん子供のやうになるパンツ一枚で西瓜食ひゐる
気まぐれに電話してくるこの人は三十年経つてもこうのさんと呼ぶ
十八の病気のわたしの傍に居ておろおろ歩きしあの人が母
惚けたる実家の母がふり向きしやうこの青空のやさしき皺は

ちょっと愉快な歌をあげてみた。一首目は夫をうたっているが、前にあげた夫の歌よりは明るく、ここには、しょうがない人だといった、いくらかのユーモアも含まれている。二首目はおもしろい歌。こういう場合の「この人」が一般的な存在だろう。

あとの二首は母に関連した歌。「あの人」と言って、遠い昔の母の姿をしっかりと思い出している。「あの人」を、いま、眼前に在らしめようとする願望の気持ちは「この人」の場合と同じだろう。

最後の歌は、上句の母が比喩として「この青空」にかかっている。皺のように薄くたなびいている青空の雲、そのありさまに、母の顔を思い出したのだろうか。これも珍しい一首である。一時期の河野は青空を嫌い、恐れてもいたようだったが、少しは回復してきているようだ。

4

青空は見上ぐるならず吸ひこまれ髪めらめらと仕様なくなる
動悸してゐる影と思ひて見つめつつ歩みゆくなり青空不安
晴れし日を凶日と思ふは去年から動悸してねむるドアを閉ざして

これらは、『季の栞』の項で引いた河野の歌である。乳癌の手術後の二〇〇一年に作られている。それから四、五年たって作られた『母系』の中の青空の歌を見てみよう。

どこまでも夜のあをぞら見ゆる夜娘(こ)は亡き友の齢(よはひ)となれり
あをぞらが山の向かうから現れて気を許すなよと拡がりてくる
ユーコさん元気でね青空があをいまま山に沈みゆく
青空をそよいで掃くのは楽しいよおもしろいよおおと藪がざわめく
あをぞらがぞろぞろ身体に入り来てそら見ろ家中(いへぢゆう)あをぞらだらけ

最初の歌は夜の青空をうたっている。「亡き友」は河野里子だろう。里子さんのことは折に触れて思い出している。二〇〇五年の作で、娘の紅さんが三十歳になった。そういえば里子さんが亡くなったのも三十だったなと、夜の青空を見あげながら思っている。

あとの四首は青空と対話している歌だろう。気を許すな、とか、元気でね、楽しいよおもしろいよ、などは、青空や竹藪が言っているように作られているが、これは、河野自身の内面の声でもあるだろう。

『母系』の1で引いた、癌の転移を知らされた折の歌「八年まへ車椅子にて運ばれきあの青空がやつぱりねえと降(お)りて来たりぬ」も、青空に託して自分の「やっぱり」という思いを表現している。「あの青空」と言っている。このときの印象から青空に対する河野の思い入れが生まれて来たのかもしれない。

三首目の歌の「あをいまま山に沈みゆく」とは、どんな光景なのだろうか。『季の栞』に、「青い空とてもにぎやかに晴れながら昏れてゆくなりまだ青いまま」という歌がある。同じような光景をうたっているのかもしれない。

最後の一首はちょっと異様な歌だが、後ろ向きの暗い感じはしない。言葉の韻律を楽しんでいる。「ぞら」「ぞろ」「そら」「みろ」「ぞら」「だら」、こんな繰り返しを楽しんでいるのだろう。歌を作りながら元気になってゆく河野らしい姿である。

そんな歌をいくつか鑑賞してみよう。

菜の花のあかるい真昼　耳の奥の鼓室で誰かが　ぽ、ぽ、ぽんぽん

風の日に家を出づればやい、おまへと左右の藪がわれを挟めり

雨の日にじつとしてゐる猿たちの空つぽの胃の腑、ぎゆうむ、ぎゆうむ

一首目の歌は文句なく楽しい歌である。鼓室なんて言っているけれど、どこだか知っていたのかどうか。空耳か何か、音が聞こえた一瞬を、耳の奥の部屋で誰かが鼓を打っているとして、こんなリズムを生み出している。見事である。

二首目の歌は、先にあげた「おおと藪がざわめく」の歌と同じ所だろう。竹藪が風にざわめいている。それをここでは「やい、おまへ」と表現している。三首目の「ぎゆうむ、ぎゆうむ」はなんともわかりかねるが、からっぽの胃がうごめいている状態を言っているのだろうか。これは、河野のおまじないであろう。

この「ぎゆうむ、ぎゆうむ」の歌の数首あとに、

病むまへの身体が欲しい　雨あがりの土の匂ひしてゐた女のからだ

がある。切ない歌である。

河野の歌の振幅の大きさは何度も言ってきたが、その根底には、この歌に見るような、切ない悲しさがわだかまっている。

『葦舟』

1

『葦舟』は『母系』に続く河野の第十四歌集である。二〇〇五年から二〇〇九年までの作品が収められている。先の『母系』には二〇〇五年から二〇〇八年までの作が収録されているから、二〇〇九年以外は作歌の年次が重なっている。

だから、『葦舟』だけを読み進むのならば問題はないが、『母系』『葦舟』と続けて読むと、同じような場面が繰り返し出てきて、少し混乱する。しかし、すでに書いたように、『母系』は母の病気、死を中心にまとめられており、次の『葦舟』は、どちらかと言えば自身の病気を中心に展開しているから、それぞれに特色ある歌集になっていると言っていいだろう。

『葦舟』を読み終えて何よりもまず驚くのはあとがきである。こんなことを言うのは邪道のような気もするが、今までには受けたことのない衝撃であった。

河野はあとがきで自分の癌の転移について記したあとで、次のように書く。

「人の気のあがっている所に、できる限り出て行こう、講演は引き受けられるかぎり引き受け、歌会にも、体力が許す限りは出て行こうと思っている。食欲は全くなくなり、何を食べてもおいしくないが最低限の家事はこなしている。歩けて話すことができる今が一番いい時なのだろう」

　この前向きの姿勢には感動してしまう。自分だったら、健康な人の明るい顔など見たくないと家にこもってしまうのではないだろうか。「人の気のあがっている所」という言い方もいいし、「歩けて話すことができる今が一番いい時なのだろう」も切ないが、しっかりと自分を見つめている姿勢である。

　河野はあとがきの続きを、

「五十年ほど歌を作ってきてほんとうに良かったと、この頃しみじみ思う。歌が無ければ、たぶんわたしは病気に負けてしまって、呆然と日々を暮らすしかなかった」

「あと何年残っているかを考えない日はない。しかし、わたしはこれまでのわたしの人生に於いて何ひとつ悔いるものは無い」

と続ける。歌があってよかったという感慨はまことに素直かつ率直で、私は深く感動する。また、何一つ悔いるものはないという言挙げは、自分にそう言い聞かせている面ももちろんあるのだろうが、いかにも河野らしい堂々たる物言いである。

　河野はあとがきをこんなふうに書いてきて、最後を次のように締めくくる。

「『葦舟』が最後の歌集にならないよう、これからも今までのように全力で歌を作り、エッセイを書いていく。これは、誰とでもないわたし自身との約束なのだから」

しかしこの約束は、残念ながら守ることはできなかった。河野は『葦舟』を出した翌年の二〇一〇年（平成二十二年）に六十四歳で亡くなってしまうからである。

『葦舟』の出たばかりの頃だったろうか、「塔」の編集後記に河野が、体は病んでいても心は健康な歌を作りたいといったことを書いていたのを思い出す。これも河野の前向きな姿勢をあらわすもので、こうした物言いが多くの人の共感を得ていったのであった。

2

『葦舟』の中ほどに「穂すすきの母」という章がある。巻末の初出一覧によれば「短歌」二〇〇七年十二月号に発表された一連である。最初から六首をそのまま引く。

あの時の壊れたわたしを抱きしめてあなたは泣いた泣くより無くて
わが乳の癌の塊（かたまり）を膿盆（のうぼん）に見しは君のみ　見しとのみ言ふ
彼女らはみんな乳癌患者といふ患者山羊ならず羊にもあらず
どの人も一度は泣いたに違ひない一様にしづかな眼を眼の奥に収（しま）ふ
術後七年五度（たび）変はりし主治医たち灼け痛む身を誰も引き受けくれぬ

医者たちに擦れてしまひしわたくしを悲しみながら丸椅子に座る

この「穂すすきの母」という章以前にも病気に苦しむ歌はあるのだが、ここに来て急に激しい癌の歌が登場し、何事があったのか、と、思ってしまう。

最初の歌とその次の歌は、『日付のある歌』でうたわれている二〇〇〇年の発病と手術を踏まえている。一首目の「あなた」、二首目の「君」はどちらも夫の永田和宏である。『歌に私は泣くだらう―妻・河野裕子　闘病の十年』という永田の本（新潮文庫）を私は思い出す。

あとの四首は、定期健診か何かで病院へ行った折の歌であろうか。最初の二首が思い出の歌で、あとは現実の場面のように見えるが、実際には現実があってそのあとに思い出の歌ができたのだろう。しかし配列が逆になっている。だから、迫力のある出だしの一連ともなっているわけである。

三首目の「山羊ならず羊にもあらず」や、その次の歌の「どの人も一度は泣いたに違ひない」は、病院に来るたびに何度も河野の中に湧いた思いがここで噴出している。だからなぜ今ここでこのようにうたわれているのか、それが知りたいと思うわけである。

その次の歌の「術後七年」や「医者たちに擦れてしまひし」といった表現に出会って、ようやくこれが現在のことなのだと確信する。そしてその次の歌に「京大病院玄関」と詞書があって、

「雨傘をたためば濡れゆく床見つつ再発はしないと息ひとつ吐く」という歌が来る。この歌を最初にもってきてもよかったのだが、それではインパクトが弱いと思ったのだろうか、この「穂すすきの母」という一連二十四首の最初の十首は、かなり意図的に配列が考えられていると思わざるを得ない。

そういえば「穂すすきの母」という題はどこからきているのかというと、あとのほうに母の歌が数首出てきてその中の一首にこの言葉があるのであった。最初の歌の主題とはずいぶんと逸れてしまっているので、この題も考えてみれば不思議なものである。

3

「穂すすきの母」から一年後に「白兵戦」という二十二首が登場する。その中に「七月十六日、京大病院」という詞書と共に、次のような歌が続く。

まぎれなく転移箇所は三つありいよいよ来ましたかと主治医に言へり
この髪も脱けてしまふかたいせつに一櫛ひと櫛わたくしの髪
大泣きをしてゐるところへ帰りきてあなたは黙つて背を撫でくるる

先に見た歌にくらべると、冷静な受け止め方のように私には見える。一首目の下句など、ちょっとひやりとするくらい落ち着いている。それと同時に私が注目するのは、そのあとに続く次のような歌の流れである。配列に従って二か所を引いてみよう。

必ず帰つて来るからね哺乳瓶で育てしトムを抱き上げて言ふ
かうなれば体力温存猫二匹身体に添はせ昼より眠る
わたしより不安な不安な君なれど苦しむ体はわたしの体
俺よりも先に死ぬなと言ひながら疲れて眠れり靴下はいたまま

一首目の「哺乳瓶で育てし」が実に効いている。次の歌の「かうなれば」という言い方への流れや、そのあとの夫への視線など、冷たいというわけではないが、はっきりと自分の病気を自覚した冷めた目でまわりを見ている。読んでいて、作者の制作意識のようなものをしっかりと感ずることができる。

もう一か所、引いてみる。

紅(こう)にだけは隠しておきたかりし再発のことこの子は充分に悩んで生きて来た

この夏に生まれし四番目の子の颯が十になるまで生きたし生きる
慰めも励ましも要らぬもう少し生きて一寸はましな歌人になるか

まず娘の紅を思う歌を置き、次いで四番目の孫の名前を出し、もう少し生きたいと願う。慰めも励ましもいらないと言う。別に拗ねているわけでもやけになっているわけでもなく、ごく自然に開きなおった自分が出ている。心の動きがそのまま出ているところが、先に引いたあとがきの言葉などにつながっていき、納得する。

4

『葦舟』の二〇〇五年の項に「津波」「生き残りしは」という一連が並んで出てくる。良いと思う歌を引いてみよう。

わたつみの途方もあらぬ広さかなさらはれ呑まれし無数の頭
列車すら押し流されて拉げたる空つぽの車内を人のぞきゐる
布めくりひとつひとつの死に顔を確かめ歩く生き残りしは
まつすぐの道を残して何もなし自転車一台その道を行く

河野がこういう社会的事件を取り上げて連作を作るのは珍しいことである。これらは、二〇〇五年に発生したスマトラ島沖地震による大津波をうたっている。もちろんテレビを見て作られたものだが、今となっては、なかなか迫力のある一連となっている。

今となってはなどと言うのは、このあと、我々は東日本大震災とその後の津波（二〇一一年）を経験しており、他人事のようには河野の歌も読めないからである。

河野がうたったのは、外国での悲惨な災害であった。当時、河野のこの歌はどれくらい身に迫るものとして鑑賞されたのだろうか、そんなことも思う。河野は東日本大震災を知らずに亡くなったが、四首目の「まつすぐの道を残して」の歌など、我々があちこちで目にした大津波後の光景そのものである。

二〇〇五年の河野の歌で次に注目したのは、こんな歌である。

寒天を立てたるやうな母の影影なのにああ老いたり母は
死ぬまへの留守番電話に残りゐる声と声の間(ま)の息を吸ふ音

この二首は並んで出てくる。私はあとの歌がとくにいいと思ったのだが、引用する場合には前の歌もあげないわけにはいかない。配列のこの微妙な感覚がじつにうまいと思うのである。

寒天を立てたような母の影という形容は、いかにも細くてなよなよした、倒れそうな母を思わせる。そして、下句の感慨もよくわかる。この歌のあとに置かれた「息を吸ふ音」は、読む者は自然に母の息なのだろうと思ってしまう。鑑賞としてはそれでいいと思うのだが、ここにはさまざまな技巧がこらされているようにも思えてくる。

「残りゐる」が「残りゐし」だと、これは完全に過去のこととなり、母が亡くなるのは三年後だから二首の続きとしてはちょっと変である。

前の歌集『母系』の二〇〇五年作の歌には、老いた母がさまざまにうたわれており、ときどき亡くなった父のことも出てくる。父は二〇〇二年に亡くなっている。『母系』の中から、母と父をうたった同じような並びの二首をあげてみよう。

母の影わたしの影と並びゆく影さへも母は迫力あらず
死に際をあんなに怖れてゐし父を雨あとの草引きつつ思ふ

母と並んで歩きながら、その影を見ている。そして次の歌では亡き父をうたっている。生きている母と死んでしまった父、河野の歌にはこの二人がさまざまに交差して登場する。先にあげた

「残りゐる」という宙ぶらりんの言い方には、母ととってもらってもいいが、母はまだ生きている。自分の気持ちとしては父の思い出が色濃く残っている表現だが、「残りゐし」としてしまうと母ではなくほかの人のことととなってしまう。父でもあり母でもあるような曖昧な存在として「息を吸ふ音」に幅をもたせたい。そんな意識がここに働いているのではないだろうか。私はそんなふうに思ったわけである。

『葦舟』の二〇〇五年の終わりには、「ハワイ・ワイアコアビーチにて」という比較的明るい感じの旅行詠が置かれている。私の名前なども出てくる。この一連の中の一首、

気鬱とは日本の病と思ひつつ足裏(あうら)に馴染む芝歩きゆく

このようにうたう河野の気持ちはまことによくわかり、伸び伸びとした旅の日々には共感するのだが、果たしてほんとにそうかな？　などとも思ってしまう。

5

赤ちゃんが確かに二人居たはずの真夏のひかりほうせん花(くわ)の庭
日傘さしあなたを待つてゐた時間、あのまま横すべりに時間が経つた

『葦舟』の二〇〇六年作の歌から二首を引いてみた。私は河野のこういう歌、つまり、長い時間をふところに抱いているような歌が好きである。

前の歌のあかちゃんは、遠き日の二人の自分の子供だろう。それを幻覚のなかに見ている。鳳仙花の咲いていた真夏の庭の思い出、それらが遠い過去であると同時に、河野の心の中では現在のこととしてとらえられている。私はこの深い時間の幅が好きなのである。

あとの歌では、そうした時間の振幅がそのまま真っ直ぐにうたわれている。日傘をさして恋人を待っていた或る日の自分の姿、それは、河野の心の中に残っている新鮮な映像である。そして、それがそのまま今の自分につながっている、というのである。「横ずべりに」とは、なかなか言えない表現である。

時間は過ぎたけれど、昔の自分と今の自分と変わっているところはない、同じ気持ちだと言っている。初々しい感じである。

河野の歌を長く読んできた者にとっては、この時間の振幅の中に、

二人子を抱きてなほも剰(あま)る腕汝れらが父のかなしみも容る　　『桜森』

たつたこれだけの家族であるよ子を二人あひだにおきて山道のぼる　　『はやりを』

あなただけ私の傍に残りたり白い牡丹だよと振り向いて言ふ　　『庭』

など、さまざまな歌の場面が浮かんでくる。読みかえしていると、『桜森』の元気な頃の河野がなつかしい。「横すべりに時間が経つた」という表現の背後には、こうしたさまざまな時間が込められている。

昔から河野は時の移り変わりに敏感であったが、ここに来て、時間への意識はより切迫したものとなってくる。

遠からずその日は必ずやつて来る　あの頃あんなに元気だつたのに
この家に君との時間はどれくらゐ残つてゐるか梁よ答へよ
一日に何度も笑ふ笑ひ声と笑ひ顔を君に残すため
乗り継ぎの電車待つ間の時間ほどのこの世の時間にゆき会ひし君
いのちには限りがあるが限りとは何であらうか卯の花教へよ

「梁よ答へよ」「卯の花教へよ」と必死に叫んでいる。歌の内容は深刻なことになっているが、一首の調べはそんなにせっぱつまったものではなく、余裕のようなものも感じられる。不思議である。

「一日に何度も笑ふ」という歌などを読むと、河野にはもう良い歌を作ろうという気持ちよりも、自分の心のままにうたいたい、思うままを吐き出したいという願いのほうが強かったように見える。

老夫婦手つなぎゆくを振り向けりわたしたちには来ないあんな日は
わたしには七十代の日はあらず在(あ)らぬ日を生きる君を悲しむ
陽に透きて今年も咲ける立葵(たちあふひ)わたしはわたしを憶(おぼ)えておかむ

こんな歌を読むと悲しくなってくるが、この世に自分の歌を残しておきたいという河野の気持ちはしかと伝わってくる。

歌集名の葦舟は、巻末近くにある、

誰からも静かに離れてゆきし舟　死にたる母を葦舟と思ふ

に拠っているが、この葦舟は母であると共に河野自身でもあるだろう。何度も読んでいるうちにそう思えてきた。

『蟬声』

1

『蟬声』は河野の第十五歌集であり、最終歌集である。前歌集『葦舟』以後の二〇〇九年の歌と、二〇一〇年の作が収められている。河野は二〇一〇年の八月十二日に亡くなった。六十四歳だった。

この歌集は全体が二章に分かれており、第一章は河野が生前に雑誌に発表した歌がほぼ掲載順に並べられている。巻末の初出一覧によれば、それは二〇一〇年八月号までである。第二章には、それ以外の、河野の手帳に書かれていた歌や口述筆記によって得られた歌などが二二〇首ほど集められている。第一章に収められている歌が二〇〇余首だから、この歌集の約半分は未発表の歌ということになる。

「あとがき」は夫の永田和宏が書いている。永田の言葉を少し紹介しよう。

「私も、娘の紅も、息子の淳も、それぞれが口述筆記によって歌人としての河野裕子の最後の場に立ち会うことができたことを、幸せなことだと思っている」

「河野が手帳に書き残した二〇〇首余りの歌は、主に淳が解読してくれた。〈略〉淳の筆耕を元に、紅と私と三人で一首一首手帳にあたり、解読作業を行った。読めない字がはっと読み取れる瞬間があって、三人で声をあげたものだ」

「今回ほど、歌の力ということを実感したことはなかった。彼女の思いは専ら歌のなかにあったという感が強い。特に最後の一週間ほどは、歌という形式を信じきって、自分の思いを歌に託そうとしていたと感じられた。〈略〉日常は最後の一週間もそれまでとさほど変わらず淡々と過ぎていったような気がしているが、彼女には何か特別に言わなくとも、歌で十分に自分の思いを伝えられているという自信があったのではないだろうか」

永田の書く「自信」という言葉に私はほっとしたような感慨を覚える。河野の激しい懊悩や乱れなどを永田の書くいくつかの本から知っていたので、河野の発する家族へのメッセージがしかと伝えられたのを知って、私は安堵したのであった。

『蟬声』の第一章を見てみよう。河野の歌集の作り方は、これまで見てきたところ、雑誌発表の歌をほぼそのまま並べていることが多いので、第一章は河野が生きていてもほぼ同じようなかたちになったであろう。

私のいちばん好きな歌は、

帰り来しこゑに動悸して起きあがる夫子(つまこ)と言へる身近き者にも

この歌である。病んで寝ていても、夫や子供などが帰って来たことを知って動悸をしながら迎えに起きあがるというのである。「動悸して」は固い言葉だが、胸がどきどきして起きあがるという河野の気持ちをよくあらわしている。この初々しさが河野のもっとも良いところであり、これは終生変わらなかったように私には見える。

この歌は「短歌往来」二〇一〇年七月号に発表された「豆ごはん」と題された二十二首の中の一首だが、ほかには、

抱きしめてどの子もどの子も撫でておくわたしに他に何ができよう
豆ごはん今年は炊いてやりませう子供が四人飯食ふ家に
食欲ももはや戻らぬ身となれど桶いっぱいの赤飯を炊く

といった歌が見られる。最初の歌は孫をうたって切ないが、そんなに追いつめられたような雰囲気ではなく、むしろ穏やかな感じである。

あとの二首は、『日付のある歌』や『季の栞』の歌を思い出させる。二首目の「豆ごはん」は

『季の栞』の「豆ごはんの中の豆たち三年生、こつちこつちと言ひて隠れる」などの楽しい歌を思い出す。あとの歌からは、『日付のある歌』の「筍ごはん四合炊く」とか「おはぎ四合作る」とかいった豪快な詞書が浮かんでくる。自分に食欲がないのにたくさんの赤飯を炊くというのは、好きだからできることだとは言うものの、たいしたものだと私は思う。歌にも力がある。

歌を作りながら湧いてくる河野の思いは、さまざまな過去の思い出と交差していたことだろう。

2

『蟬声』は、河野の息子である永田淳が発行者となっている青磁社から刊行されている。第一歌集『森のやうに獣のやうに』も青磁社から出ているが、これは今の青磁社とは別の経営者の時代である。

次に河野の歌集が青磁社から刊行されるのは第九歌集『歩く』(二〇〇一年刊)であるが、この歌集の奥付には発行者、亘郁子と記されている。そして、『歩く』の河野のあとがきにはこう書かれている。

「歌集出版に際しては、青磁社の亘郁子、永田淳両氏のお世話になった。二〇〇一年創業の、第一冊目の歌集として出していただけることを有難く思っている」

この『歩く』が、今の青磁社が最初に出した本なのであった。その次に青磁社から出されるのは第十三歌集の『母系』(二〇〇八年刊)である。この本の奥付には発行者、永田淳とある。『歩く』から『母系』の間に永田淳が会社の責任者になったことがわかる。

永田淳の『評伝・河野裕子』(白水社)には、

「『歩く』は実によく売れた。その年のうちに重版がかかり、その後も順調に版を重ねた。この四年後に私は青磁社のビルを買うのであるが、その頭金としての財源の大部分をこの『歩く』の売り上げが築いてくれた」(第十一章)

と書かれている。河野の歌集はよく売れていたわけである。私は永田淳の文章を読むまで河野の歌集がそんなによく売れているとは知らなかった。ついでに永田淳の本から得た知識を紹介すれば、「『蟬声』は歌集としては異例ともいえる売り上げを記録し、累計で一万部を超えた」とのことである。

河野の死はジャーナリズム(新聞歌壇など)でしばしば話題となり、テレビのドキュメンタリーにも取り上げられていた。一人の歌人の死がこんなに話題となるのは初めてのことであった。『蟬声』は話題となった歌集であるが、河野の歌としては地味なほうであろう。

あと、第一章で取り上げたいと思う歌は「河口まで」と題する一連である。これは「歌壇」二〇一〇年一月号に発表されている。

河野の歌の詞書の効果は『日付のある歌』で充分に発揮されたが、それ以後、無意識なのかもしれないが、詞書と歌とが微妙に照応し合った良い歌が多くなっているように思う。「河口まで」から、いくつかをあげてみよう。

京都女子大学にて講演
旧校舎の窓辺に木苺咲きゐしがそれには触れず演台おりる
永田和宏　退官前に私大に移籍
鉛筆を転がしながら案じをり落下傘部隊ぞ国立から私大へは
新設学部　総合生命科学部　学部長
五十人の教員を率てゆきて位置定まれる頃わたしは在らず
六年前のことになるが
ウサギウマ何てかなしい生き物だらうインドの喧騒に鉄板曳きゐし

最初の「京都女子大学にて講演」から歌への展開がさりげなくて実にいい。京都女子大は河野の母校だから「旧校舎」にも思い入れがあるのだろう。木苺を出してきて、それには触れなかったと収めるところ、地味だけれど、実にいい感じである。

その次の歌も、この詞書がなければあとの歌は活きないだろう。「鉛筆」は河野の歌によく出てくるが、ここでは「落下傘部隊」の比喩が効いている。

その次の歌では、五十人という数にまず驚く。そして、下句。詞書と歌がそれぞれに具体を主張して読む者に迫ってくる。そして最後の歌は、詞書によって時間と空間が豊かに広がってゆく。河野は六年前にインドを旅している。この歌の下句のような光景がふっと目に浮かんだのだろう。

＊

歌集名にもなっている如く「蟬声」という言葉はこの歌集にもたくさん出てくる。また、

子を産みしかのあかときに聞きし蟬いのち終る日にたちかへりこむ

ともうたっている。

永田和宏の「あとがき」の言葉をもう一度紹介する。

「歌集のタイトルは、淳の提案で『蟬声』とすんなり決まった。病んでふせっている河野の耳に届く八月の蟬の声は、この歌集でも繰り返し歌われているが、それはまた、初めての出産のときの歌

しんしんとひとすぢ続く蟬のこゑ産みたる後の薄明に聴こゆ　『ひるがほ』

に遠く呼応しているだろうか。河野自身も、自らの耳に届く蟬声を強く意識していたに違いな

い」

次には『蟬声』の第二章を読んでいきたい。雑誌などに発表された歌ではないので、河野にとっては不本意な面もあることだろうが、それも、やむなしである。

3

『蟬声』の第二章は、前にも書いた如くすべて未発表の歌である。夫の永田和宏と子供の永田淳、永田紅の三人によって河野の手帳などから拾い集められた歌から成り立っている。最後の頃は口述筆記による歌であり、その間の事情は歌集の巻末に詳細な記録として付けられている。

まず第二章の歌を数首引いてみる。

えんぴつをにぎりて眠る歌わけばくらがりの中でも書きとめられる
薬袋にもティッシュの箱にも書いておく凡作なれど書きつけておく
泣いてゐるひまはあらずも一首でも書き得るかぎりは書き写しゆく
書きとめておかねば歌は消ゆるものされどああ暗やみで書きし文字はよめざり

こんな歌を読むと、歌の良し悪しなどはもはやどうでもよく、河野の必死の思いが伝わってくる。しかし、一首目や四首目などは、もし発表するとしたら手を入れただろうとも思われ、ちょっと痛ましい感じもする。

三首目の歌からは「泣いてゐる場合ぢやないでしよ天草への飛行機の中で幾首か作る」（『母系』）を思い出す。『母系』の頃はまだまだ元気だったのだと改めて思う。

元気な歌といえばこの『蟬声』第二章にも、次のような歌が見られる。「わがままな患者で」と題する一連である。最初の四首をそのまま引いてみる。

良き患者であらうと思ふな夫や子にかけし負担のことは思ふな
わがままな患者でしばらく押し通せそのしばらくが元気な証拠
そのしばらくがしばらくであらぬやうつよいわがままであれかし
手おくれであつたのだがしかし悔いるまい生き切るべし残りし生を

一首目から順番に、河野の思考がどのように展開していったのかわかるような作り方である。実にまっとうな作り方である。病床にあって必死に気力を奮い立たせながらこんな歌を書き綴っている河野の姿を思う。

これらの歌の次に「白昼夢見ることあり」という詞書があって、こんな歌が置かれている。どうしてこのような展開になるのか。河野の頭の中では繋がっている世界なのであろうか。

夏帽子かぶり子供が石段をおりきてしやがみそのままに消ゆ

前の歌で残りの生を生き切るべしとうたったとき、或る光景が頭の中に浮かんだのだろう。数日前にも「夏帽子かぶりし子供がおりてくる石段の上にしやがんだりして」という歌を作っている。白昼夢のような光景が繰り返し浮かんでいるのだろう。こうした幻覚は『葦舟』でもうたわれていて、私はかつて「赤ちゃんが確かに二人居たはずの真夏のひかりほうせん花(くわ)の庭」という歌を取り上げて書いたことを覚えている。鳳仙花の歌は夏帽子の歌の少し前にもあって、

わたしにはもうそんなに時間はないのだがゆつくりふくらんでパッとちるほうせんくわ

とうたっている。繰り返し浮かんでくる思いとイメージ、それを書いておこうとする河野の意志を思う。

寂しい歌を引くのはやめて、河野らしい特色のある歌を引いてみよう。

4

一本のアイスキャンディをやつと食む月にやあと言ひ眠らむとせり

らつきようがふいに食ひたしハチマキして走りをりたる夢よりさめぬ

こんな歌はどうだろうか。「砂丘産小粒らつきようの」という章に並んで出てくる。前の歌は、上句から下句への展開に河野らしいものが出ているだろう。「やつと食む」のあとに、その暗い連想を断つように発想を飛躍させている。あとの歌も下句が面白いが、これも白昼夢のような世界なのだろうか。前後の歌に影響されて病的な雰囲気を感じてしまうが、もっとからっとした歌として鑑賞していいのかもしれない。

この章の終わりに「もう一度厨に立ちたし色とはぎれよき茄子の辛子あへを作りたし」という歌があるが、「はぎれ」は「歯切れ」だろう。しみじみとしたいい歌だが、河野が生きていたらたぶん推敲したことだろう。

それから一つ、気づいたことを書いておきたい。「こんなにいい家族を残して死ねざると枕辺行きかふ夫と娘のこゑ」(「澤瀉久孝教授」の章)の「死ねざると」は、ひょっとしたら「死ねざるを」ではなかろうか。余計なことながら気になってしまった。

わがものと思へぬ姿になり果てしわが身は歩く酸素ボンベを押して
誰も皆わが身にふるるに消毒すナスの花にも似たるその匂ひ
もうもはや嗅ぐこともかなはざり朝露にぬれし茄子やトマトの花の香

「ナスの花にも」という章に見られる歌である。一首目は残酷な光景を堂々とうたっており、力がある。その次の歌では消毒薬の匂いから茄子の花の匂いを思い出し、三首目では、それをもう嗅ぐことはないだろうとうたっている。寂しい歌だが、いい歌だと私は思う。
これらの歌の少しあとに、口述筆記の歌が出てくる。読み進むのがつらいような歌である。

長生きして欲しいと誰彼数へつつつひにはあなたひとりを数ふ
わがために生きて欲しいと思へどもそのあなたが一番どうにもならぬ

巻末の記録によれば、この歌は八月十日に永田和宏の口述筆記によって作られている。

だからこの「あなた」は永田に呼びかけているわけで、なんともすごい気力である。あとの歌では、永田のことを大丈夫かといろいろに心配している。この歌の下句の言い方はいかにも河野らしく、口述筆記をしている永田に向かって、直接、こんなことを言っている。しかし、ここには深い信頼関係があると見ていいだろう。

そして、翌八月十一日に永田和宏の口述筆記によって最後の歌が作られる。

あなたらの気持ちがこんなにわかるのに言ひ残すことの何ぞ少なき
さみしくてあたたかかりきこの世にて会ひ得しことを幸せと思ふ
手をのべてあなたとあなたに触れたきに息が足りないこの世の息が

最初の歌は永田和宏のあとがきの言葉、「彼女には何か特別に言わなくとも、歌で十分に自分の思いを伝えられているという自信があったのではないだろうか」につながるものがあり、河野の穏やかな心のありようを感じ取ることができる。

その次の歌の「さみしくてあたたかかりき」、この表現はなかなかできない言い方である。河野は若い頃からさみしいさみしいとうたってきたが、それは他者との関係性というよりも自分自身の心の在りように関わる根源的な存在のさみしさであろう。このさみしさが多くの読者を引き付け、次の「あたたかかりき」は、そんな自分が感じてきた他者との交わりのあたたかさ、それを言っている。このさみしさとあたたかさの混在こそが河野の歌の魅力と言っていいだろう。

　最後の歌は、文字どおり最期の歌で、口述筆記を終えた翌日の八月十二日に河野は亡くなった。この歌の「あなたとあなたに」は、口述筆記が永田和宏であることを考えれば、当然、永田をさして言っていると取るのが自然であろう。最初の「あなた」は呼びかけの言葉なのである。

　だがしかし、この表現をいろんな人に呼びかけていると解する人がいても問題はないだろう。そう解するほうが「息が足りないこの世の息が」にもふくらみが出てきて、一首に広がりが感じられるという考え方である。

　河野は博愛的な歌を作る人ではなかったので、彼女の歌は常に具体的な夫や子供、孫たちに向けて作られていたと思う。それは狭い世界ではあったけれど、徐々に自分一人の範囲を越えて大きな歌の世界へと広がっていった。

　それは河野の歌がもっている魅力—、根源的なさびしさとあたたかさ、時には、激しさも加わってくるが、そうした混沌としたものが放つ存在の魅力、それを河野の歌はもっている。そう言っていいのではないかと、私は思う。

終わりに

1

私が河野裕子に初めて会ったのは昭和四十四年（一九六九）のことで、今から四十五、六年前のことである。河野は二十三歳、私は二十五歳だった。この年、河野は「桜花の記憶」によって角川短歌賞を受賞し、同じ年の「短歌」十月号の座談会「われらの状況とわれらの短歌」に出席した。この座談会は佐佐木幸綱が司会で、ほかの出席者は福島泰樹、村木道彦、大島史洋などであった。私はここで初めて河野に会ったのだと思う。

その後、河野は永田和宏と結婚して、一時、横浜や東京に住むこととなるが、昭和四十七年か八年に俳句文学館で開かれた歌会で河野に会ったことがある。同人誌「幻想派」の会ではなかったかと思う。河野は会の仲間には加わらず、ひとり窓際の椅子に座って編み物をしていた。膝の上に大きな毛糸の玉が置かれていた。歌会の進行を聞いているのかいないのか、まったく吾関せずといった不思議な雰囲気であったことを思い出す。

昭和五十一年には京都へ帰り、以後、京都が生活の中心となったので、彼女と会うことは少なくなった。会う機会は出版社やＮＨＫの企画などであり、多くの人と一緒だったので、細かい歌の話などはしなかった。或るとき、河野が私に北原白秋の歌集では何が好きかと聞くので、『黒檜』だと答えたところ、不思議そうな、奇妙な顔をして黙ってしまった。そのことをよく覚えている。しかし、これは彼女も忘れないでいたらしく、だいぶんたったあとで、私も『黒檜』をいいと思うようになったと言ったので、なんかおかしかった。

平成十一年（一九九九）、ＮＨＫの衛星放送でＢＳ短歌大会が九州の久留米で開かれ、私は河野に会ったが、そのとき一緒だったのが「短歌人」の永井陽子だった。そのときのことを河野もどこかに書いているが、その翌年に永井さんは死んでしまったのである。これも忘れられない思い出である。

私は歌会の席で河野と一緒になったことはない。これは、とてもよかったと思っている。短歌に対する河野の信念にはゆるぎのないものがあり、きっと衝突していたことと思う。河野は歌の良し悪しがその人間の価値にまで直結してしまうようなところがある。思い込んだら梃子でも動かないような感じである。だから、直接彼女と議論をすることが怖かった。彼女の歌から受ける印象と実際の彼女とはたぶん違っていたのではないかと私は思う。

実際の彼女をあまり知らなくて、歌の上だけで鑑賞することができたのは、或る面ではとてもよかったと思っている。別の面は、彼女の生活をよく知っている人が書けばいいだろう。

2

河野裕子の歌集十五冊を順番に読んできて、いま、改めて第一歌集『森のやうに獣のやうに』を眺めているところである。思うことは、やっぱり若さっていいなあ、ということである。寂しさをうたっても若々しいし、怒り・憎しみも若々しい。

第二歌集『ひるがほ』、そして第三歌集『桜森』。このあたりまでには比喩の歌も多く、比喩としての「耳」や「鬼」その他いろんな比喩表現がさかんに出てくる。難解な歌も多い。それがだんだんにわかりやすいストレートな表現の歌となり、耳も鬼も消えてしまったが、初期からずっと残っているのは「蟬」と「木」への思い入れだろうか。

わかりやすいストレートな表現になっていったのは子育てと関係があるように見える。夫の歌、子供の歌をうたうとき、比喩などより直截的な言葉によって生々しく現実を表現する。そのほうが歌に実感がこもり、河野らしい迫力が出てくる。実際、子育てに奔走する河野の歌は具体、具体と言葉で押してきて、比喩などよりはるかに迫力のあるものとなっている。

元気で潑剌とした河野の歌、それは読んでいて楽しいが、その活動的な動きの陰にいつも漂っている寂しさ、悲しさ、それがだんだん気になってきた。歌集の後半に見られる寂しさ、悲しさ、それはわかるが、この気持ちは河野の初期からあったもので、活発な歌の陰になって隠れていただけなのである。

ふつふつと湧くこの寂しさは何ならむ級友らみな卒へし教室に立つ時　『森のやうに獣のやうに』
葉もれ陽に青く翳れる汝がひたひ撫でつつしかも寂しかりにき　同
あたたかく寂しき抱擁　あなたより先にうまれて何の羞しさ　同
触れたし　けぶる額　にほふ唇　われのみのかなしみとして闇の花蔭　同
抱かれてなほやりどなきかなしみは汝が眸の中を樹が昏れてゆく　同
汝が胸の寂しき影のそのあたりきりん草の影かはみ出してゐる　『ひるがほ』
水銀のまろぶがごときかなしみにひと日閉ざされて冬の日昏れぬ　同
みごもりて宿せる大きかなしみの核のごときを重く撫でゐつ　同
眠りゐる汝が背にのばすわが腕を寂しき夜の架橋と思ふ　同
君は君の体温のうちに睡りゐてかかる寂しさのぬくみに触（さや）る　同

最初にあげた歌は高校三年のとき病気で休学し、留年せざるを得なくなったときの歌である。河野のもつ寂しさの原点の一つと言えるだろう。（第八歌集『家』には「何年もかけて彼らを追ひ抜くよ休学の一年思ひ続けゐし」という歌がある）。

その次の歌では、恋人の額を「撫でつつしかも寂しかりにき」とうたっている。「しかも」とまで言って寂しがっている、この寂しさが河野の奥深いところにどうしようもなくひそんでいる感情なのだろう。

その次の歌では「あたたかく寂しき抱擁」と言っている。これも微妙な心のありようで、最後にあげた歌の「寂しさのぬくみに触（さや）る」に通じる気持ちだろう。

私は前回、死を前にした河野の口述筆記の歌について触れた。その中にあった歌は、

　さみしくてあたたかかりきこの世にて会ひ得しことを幸せと思ふ

であった。河野の生涯を通して在り続けた「寂しさ」と「あたたかさ」、それを思うと、死の前に口をついて出た河野の歌は、実に率直かつ簡明な、いい歌である。

その次の「触れたし」の歌は、最初の子を生むことができなかった自責の念をうたっている。この悲しみは河野の生涯を通じて在った。歌にもいろんなかたちでうたわれている。

その他、『ひるがほ』の歌の「水銀のまろぶがごときかなしみ」や「わが腕を寂しき夜の架橋と思ふ」などは、比喩も新鮮であり、寂しい歌ではあるが、若々しい表現の歌と言えるだろう。

3

最後に、彼女の蟬の歌をあげて終わりとしよう。

産み終へし母が内耳の奥ふかく鳴き澄みをりしひとつかなかな　『森のやうに獣のやうに』
しんしんとひとすぢ続く蟬のこゑ産みたる後の薄明に聴こゆ　『ひるがほ』
蟬のこゑは冥きものかな命ひとつ産み終ふるまで耳朶を打ちゐき　同
死と生のはざまに不意におちこみし蟬かも鋭くこゑは断(き)れたり　『桜森』
蟬声の中に生(あ)れし子この裸身与へ得しのみわが得たるのみ　『はやりを』
齢を取り死んでゆくのは蟬たちも夕ぐれ七時死にきれずゐる　『日付のある歌』
死ぬときは落ちて死ぬより他はなく道のあちこちに蟬もがきゐる　『季の栞』
こゑそろへわれをいづへにつれゆくか蟬しんしんと夕くらみゆく　『蟬声』
母よ母かなかな鳴けばむやみにかうあなたが近い四時を過ぎれば　同
子を産みしかのあかときに聞きし蟬いのち終る日にたちかへりこむ　同

最初にあげた歌は、河野の母の体験である。何度も聞いていたのかもしれない。それが、死を前にしてよみがえってきている。終わりから二首目にあげた「母よ母」の歌がそれである。どちらも「かなかな」であるから間違いないだろう。

そして、最後にあげた「子を産みし」の歌は、『ひるがほ』の「しんしんとひとすぢ続く蟬のこゑ」につながってゆく。蟬の歌は死や生への思いと共にうたわれている場合が多いが、生涯のそうした繰り返しの終わりに、実に見事に首尾一貫させている。

これは、河野の意志以外の何物でもないだろう。

河野裕子略年譜

昭和二十一年〈一九四六〉　○歳
七月二十四日、熊本県上益城郡御船町七滝に生まれる。父河野如矢(ゆきや)、母君江の長女。

昭和二十四年〈一九四九〉　三歳
妹、真由美が生まれる。

昭和二十五年〈一九五〇〉　四歳
京都市に転居。京都駅近くの借家に住む。この間、階段で背中に熱湯を浴び、大火傷を負う。

昭和二十七年〈一九五二〉　六歳
滋賀県甲賀郡石部町（現湖南市）に転居。両親は呉服の行商から始め、やがて一軒屋を借りて「河野呉服店」を営む。

昭和二十八年〈一九五三〉　七歳
石部小学校に入学。小学校を卒業するまで毎年学級委員を務める。本を読みふけり、図書館の文学関係の本はあらかた読破。

昭和三十四年〈一九五九〉　十三歳
甲西中学校に入学。国語教師の園鈴子先生に出会う。先生の出身校京都女子大学の国文学科に漠然と憧れる。母が明石海人の『白描』や中城ふみ子の『乳房喪失』、『啄木歌集』などの歌集を持っていたので、それらを読み、作歌を始める。

昭和三十七年〈一九六二〉　十六歳
京都女子大学附属高校に入学。本格的に短歌の投稿を始める。多くの新聞、雑誌などで入選。高校二年のときヘルマン・ヘッセの『デミアン』を読み、陶酔し小説のようなものを書いた。約五百枚のものに製本まで自分で行った。

昭和三十九年〈一九六四〉　十八歳
病気の為、高校三年の七月より翌年三月まで休学。十月、歌誌「コスモス」に入会。

昭和四十一年〈一九六六〉　二十歳
京都女子大学文学部国文学科入学。京都女子大文芸部に入部。同級生の河野里子に出会い、彼女の死まで親友であった。

昭和四十二年〈一九六七〉　二十一歳

同人誌「幻想派」創刊に参加。生涯の伴侶となる永田和宏に出会う。「幻想派0号」の合評会で塚本邦雄に出会う。

昭和四十三年〈一九六八〉　二十二歳

初めて「コスモス」の屋島の全国大会に参加。宮柊二に出会う。

昭和四十四年〈一九六九〉　二十三歳

「桜花の記憶」により第十五回角川短歌賞を受賞。「短歌」の座談会「若い世代の座談会・われらの状況とわれらの短歌」に参加（佐佐木幸綱、村木道彦、大島史洋、福島泰樹、下村光男など）。

昭和四十五年〈一九七〇〉　二十四歳

大学卒業。滋賀県蒲生郡日野東中学校教諭となる。国語および英語を教える。

昭和四十六年〈一九七一〉　二十五歳

母校、甲西中学校へ転勤。

昭和四十七年〈一九七二〉　二十六歳

五月、第一歌集『森のやうに獣のやうに』を青磁社より刊行。永田和宏と結婚。永田が森永乳業に就職していたため、横浜市菊名へ転居（屋際苑）。

昭和四十八年〈一九七三〉　二十七歳

五月、「短歌」における女性ばかりの座談会「戦後女歌の軌跡」に参加（馬場あき子、大西民子、富小路禎子、河野愛子、北沢郁子、三國玲子）。八月、長男淳（じゅん）誕生。

昭和四十九年〈一九七四〉　二十八歳

東京都目黒区へ転居（青沼荘）。

昭和五十年〈一九七五〉　二十九歳

五月、長女紅（こう）誕生。中野区へ転居（森永乳業中野社宅）。

昭和五十一年〈一九七六〉　三十歳

十月、第二歌集『ひるがほ』を短歌新聞社より刊行。十一月、永田、京都大学結核胸部疾患研究所へ移り、家族は京都市右京区へ転居。

昭和五十二年〈一九七七〉　三十一歳

『ひるがほ』により、第二十一回現代歌人協会賞を受賞。『森のやうに獣のやうに』を沖積舎より再刊。七月三十一日、親友河野里子自死。十月永田が中心になって企画した「第二回現代短歌シンポジウム」に参加。そのあと、岡井隆、伊藤一彦、三枝昂之らが家に泊まる。

昭和五十三年〈一九七八〉　三十二歳

秋、札幌市で開かれた現代短歌シンポジウムに参加。

昭和五十五年〈一九八〇〉　三十四歳

八月、第三歌集『桜森』を蒼土舎より刊行。十一月、現代歌人叢書として、『燦』を短歌新聞社より刊行。現代短歌シンポジウム（熊本）に参加。京都市左京区岩倉中町に転居。

昭和五十六年〈一九八一〉　三十五歳

『桜森』により、第五回現代女流短歌賞（ミセス）を受賞。三月、京都市芸術新人賞を受賞。永田和宏企画のコロキウム・イン京都（佐佐木幸綱、高野公彦、小池光ら十数名）に参加、中城ふみ子の断定と命令について発表。

昭和五十七年〈一九八二〉　三十六歳

六月、現代女流自選歌集叢書として、『あかねさす』を沖積舎より刊行。十一月、現代短歌シンポジウム（東京）に参加。この頃、永田の影響できのこ採りに熱中。

昭和五十八年〈一九八三〉　三十七歳

四月、京都岩倉より、滋賀県甲賀郡石部町に転居。両親と同居。五月、名古屋に於けるシンポジウム「女・たんか・女」（道浦母都子、阿木津英、永井陽子、司会永田和宏）に参加。大変な熱気であり、女歌について論じられるきっかけとなった。

昭和五十九年〈一九八四〉　三十八歳

第四回ミューズ女流文学賞を受賞。石部町岡出に家を新築して転居。四月、京都で〈春のシンポジウム〉—歌うならば今—を、道浦、阿木津、永井らと共に企画、主催。四月、第四歌集『はやりを』を短歌新聞社より刊行。五月、永田単身渡米（ワシントンDC郊外の町、ベセスダにある国立衛生研究所、国立癌研究所に留学）。その直前、東京で小紋潤、及川隆彦らが中心となって壮行会を開いてくれる。たぶん歌人の留学のための壮行会としては最後のもの。八月、子供たちと共に渡米、ニューヨークのケネディ空港で永田に迎えられる。メリーランド州ロックビル市のロリンズパークに住む。子供たちはファームランド小学校へ。その他に土曜日にはワシントン日本語学校に通う。九月、ニューヨーク、ボストンへ永田の学会に同行。帰途、初めてアメリカの高速道路を運転する。十二月、同じロックビル市の一軒屋に引っ越す。大きなトラックを永田が運転し、家族だけで引越しを行う。子供たちはツインブルック小学校へ転入。運転免許を取得。

昭和六十年〈一九八五〉　三十九歳

「京都新聞」に、「ワシントン郊外みどりの家の窓から―河野裕子の家族通信―」の連載を始める。「路上」に「子供たちの現場」を連載。五月、両親をアメリカに招き、ナイヤガラ滝、レイクプラシッドなどへ車で家族旅行。六月、而立書房から、『春のシンポジウム記録集』刊行。六月、淳はツインブルック小学校を卒業。九月から淳はジュリアスウエスト中学校へ入学。ワシントンDCで歌会を開き、ニューヨークやヴァージニアなどから来た、多くのアメリカ在住の歌人たちと交流。同会で版画家平塚運一画伯の知己を得、何度もお宅へ伺う。十二月、クリスマスにヴァージニアの古い町に家族で旅行。

昭和六十一年〈一九八六〉　四十歳

喘息がひどくなる。三月、淳日本語学校小学部を卒業。五月、西海岸（サンフランシスコ、ヨセミテ、ラスベガス、グランドキャニオン、ロスアンゼルス等）を車で旅行して、帰国。滋賀県石部町岡出の家に住む。淳は石部中学校一年に、紅は石部小学校五年に転入。同人誌「棧橋」に参加。連載エッセイ「お茶の沸くまで」を書き始める。NHK学園全国短歌大会選者となる。十一月より、芦屋朝日カルチャー短歌講座講師となる。永田和宏、京都大学教授（結核胸部疾患研究所、細胞化学部門）となる。十二月、エッセイ集『みどりの家の窓から』を雁書館より刊行。十二月十一日、宮柊二先生逝去。上京、葬儀に参列。

昭和六十二年〈一九八七〉　四十一歳

一月より、京都朝日カルチャーで短歌講座講師となる。「現代短歌・雁」二号で、「河野裕子特集」。九月、淳を近江兄弟社中学校へ転入させる。

第三十四回コスモス賞受賞。一月から半年間「短歌現代」で「作品時評」を連載。四月、「短歌春秋」で岡井隆、永田和宏と鼎談「渡米して」。

昭和六十三年〈一九八八〉　四十二歳

「歌壇」三月号で特集「今日の作家シリーズ・河野裕子」。紅、同志社中学校に入学。七月号より半年間「歌壇時評」を「短歌現代」に連載。一月から半年間、「読売新聞」夕刊コラム「潮音風声」にエッセイを連載。

平成元年〈一九八九〉　四十三歳

四月、淳、同志社高等学校に入学。京都市左京区岩倉上蔵町（あぐら）へ転居。「抒情文芸」短歌欄の選者となる。二十五年間籍を置いていた「コスモス」を退会。

平成二年〈一九九〇〉　四十四歳

塚本邦雄とともに、花の万博記念「花と緑の短歌・俳句賞」（毎日新聞社主催）選者となる。「歌壇賞」（本阿弥書店）選者となる（第五回まで）。三月より「塔短歌会」入会。四月より「朝日新聞」短歌時評を六カ月にわたって連載。六月より、「毎日新聞」全国版歌壇選者となる。「サルの会」主催の「'90シンポジウム、ポスト・モダンの定型詩」で、宇多喜代子、俵万智と鼎談（司会坪内稔典）。「短歌往来」創刊号に、巻頭作品「桜谷」十首。「毎日新聞」に「私の短歌作法」を四回連載。「産経新聞」夕刊「VS」に、競詠を連載。十月、貝塚市市民文化祭で永田和宏と対談。

平成三年〈一九九一〉　四十五歳

「歌壇」一月号に「新春百首競詠」として、佐佐木幸綱と競詠。二月、砂子屋書房より「現代短歌文庫」として、『河野裕子歌集』刊行。四月、名古屋朝日ホールに於て岡井隆と対談。紅、同志社高等学校に進学。七月より、名古屋朝日カルチャー講師となる。十月、本阿弥書店より評論集『体あたり現代短歌』刊行。十二月、ながらみ書房より、第五歌集『紅（こう）』刊行。

平成四年〈一九九二〉　四十六歳

「歌壇」四月号に、「愛の歌百首選」。読売新聞社主催「読売文化講座」で講演。淳、同志社大学英文学科に入学。十一月「与謝野晶子没後五十周年

記念、国際詩歌会議」にパネラーとして参加。季刊誌「現代短歌・雁」（雁書館）21号より小高賢と共に編集委員に加わる。

平成五年〈一九九三〉　四十七歳

「歌壇」一月号より一年間「相聞歌の復権」連載。一月より「京都新聞」朝刊ホーム欄にエッセイ「現代うた景色」を連載。翌年三月まで。一月、吉川宏志、前田康子結婚式媒酌（京大楽友会館）。二月、NHKBS短歌大会（古川庭園美術館）に参加。三月より永田和宏が「塔」の主宰者となる。四月より、「短歌」（日本放送出版協会）の添削コーナーの欄を担当。大阪毎日文化センター講師となる。七月号より「塔」の選者となる。

平成六年〈一九九四〉　四十八歳

三月、フランスの国際会議に招待された永田に同伴し、家族でパリに滞在。早春のバルビゾンなどにまで足を伸ばす。四月、上賀茂神社の曲水の宴に、岡野弘彦、富小路禎子等と奉仕（平成二十二年まで）。エッセイ集『現代うた景色』を京都新聞社から刊行。六月、NHK学園の海外スクーリングの講師として「にっぽん丸」で台湾、香港をまわり船旅を楽しむ。八月、「大伴家持大賞」選者となる（平成二十一年まで）。作品社から共著『世紀末の竟宴』刊行。「信濃毎日新聞」に、草花のエッセイを連載。「京都新聞」夕刊コラム「現代のことば」連載（平成十七年まで）。『現代うた景色』が、毎日出版文化賞最終候補に残る。

平成七年〈一九九五〉　四十九歳

二月、毎日新聞に「機会詩としての短歌」。これまでの歌集五冊を収めた『河野裕子作品集』を本阿弥書店より刊行。四月、紅、京都大学農学部に入学。「平成の歌会」選者となる。九月、現代女流短歌全集第一巻として、第六歌集『歳月』を短歌新聞社より刊行。「現代短歌・南の会創立20周年記念シンポジウム」で伊藤一彦、永田和宏と鼎談。『女と男の時空第一巻』共著（藤原書店）刊。九月、「歌壇」に「斎藤史百首鑑賞」の連載（平成九年五月まで）。十月、『万葉集』共著（婦人画報社）刊。永田とともにミュンヘンへ旅行（紅、および父母同行）。パリ、ロアール地方などを経巡り、フォンテーヌブローの森できのこを採ったり、レオナルド・ダ・ヴィンチのクロ・リュッセに行くなど、印象深い十日ほどを過ごした。「与謝野晶子短歌文学賞」選者。

平成八年〈一九九六〉　五十歳

一月、作品「耳かき」三十首（「歌壇」）。三月、岩波書店主催「短歌パラダイス」歌会（熱海）に参加。（翌年、岩波新書として刊行）。四月、淳、同志社大学を卒業し、「釣の友」社に入社。岩波書店主催「へるめす歌会」に参加。NHK衛星放送による元旦の「紅白歌合せ」に参加。同放送の「春季BS市民参加短歌大会」及び「秋季BS市民参加短歌大会」に参加。「小町ろまん短歌大会」選考委員となる。堺市において「与謝野晶子の大正期」と題して講演。六月、永田、紅と一緒に高野山へ。宿坊で一泊。七月、『父と母の昔話』（96年版ベスト・エッセイ集）に「機会詩としての短歌」が再録、刊行される（文藝春秋社）。十一月、『河野裕子の歌』（古谷智子著、雁書館）が刊行される。

平成九年〈一九九七〉　五十一歳

「はがき歌全国コンテスト」選者となる。奈良の「万葉短歌祭」で「歌の不思議」と題して講演。四月より一年間「短歌研究」にて作品（三十首）連載。「短歌新聞社文庫」の宮柊二歌集『小紺珠』に解説を書く。六月から七月にかけて、ハンガリーの国際会議に招待された永田に同伴、ブダペスト、ウイーンなどを廻る。八月、第七歌集『体力』（本阿弥書店）刊。前年の「耳掻き」三十首により、「第三十三回短歌研究賞」受賞。京都府「あけぼの賞」を受賞。七月、歌集『ひるがほ』が「短歌新聞社文庫」として刊行される。九月、受賞第一作として「蝶の道」五十首（「短歌研究」）。十月、『鑑賞・斎藤史』（本阿弥書店）刊。オホーツク文学賞選者となる（他に川崎展宏ら）。九月、京都市左京区岩倉長谷町に転居。淳は植田裕子（ゆうこ）とともに上蔵町の家に住む。「NHK歌壇」に「〝ひと〟の詠み方」の連載開始（平成十一年三月まで）。現代歌人協会理事となる（平成十八年まで）。荒神橋歌会。

平成十年〈一九九八〉　五十二歳
三月、三省堂『現代短歌大事典』の編集委員として三年間編集に携わる。四月、西日本新聞歌壇選者となる。歌集『体力』により第八回河野愛子賞受賞。NHK衛星放送テレビ歌会（広島）。九月、「現代短歌雁」に「季の栞」二十五首の連載開始（二〇〇三年まで）。「フェスティバル・イン・京都」（現代歌人協会主催）にパネラーとして参加。NHK衛星放送「秋季BS市民参加短歌大会」（広島）を主宰。

平成十一年〈一九九九〉　五十三歳
ラジオNHK第二放送「文化講演会」にて「オノマトペの面白さ」を講演。二月、若山牧水賞を受賞した永田と共に、宮崎市へ。延岡市、東郷町、高千穂などを廻る。「はがき歌全国コンテスト」の選者に（天野祐吉と）。三月、紅とスペインへ旅行。四月、読売新聞にエッセイ「鍋と蓋」を永田和宏と交互に十回連載。NHK教育テレビ「NHK歌壇」選者となる（平成十三年まで）。これと平行して「NHK歌壇」に「歌の歳時記」連載。『短歌と日本人　Ⅵ　短歌における批評とは』（岩波書店）に「短歌に歌われた身体」を分担執筆。紅、京都大学卒業、大学院農学研究科に進学。NHK衛星放送「春季BS市民参加短歌大会」（久留米市）を主宰。七月、淳、植田裕子と結婚。八月、淳の長男、櫂誕生。猫（トム）が来た。十一月NHK学園全国短歌大会。十二月、荒神橋歌会60回を節目として終了。淳の「釣の友」社、自己破産。

平成十二年〈二〇〇〇〉　五十四歳
一月、毎日新聞に生方たつゑ追悼文。京都府文化功労賞受賞。二月より一年間、「歌壇」にて「日付のある歌—暮しの日読み—」作品連載。永田紅の「北部キャンパスの日々」と同時に連載。三月、NHK学園近畿大会、小池光と対談。四月、朝日カルチャー（中之島）にて岡井隆、穂村弘、永田和宏らと座談会。岡山、和歌山にて講演。四月、「寺山修司賞・河野愛子賞」選者となる。「若山牧水青春短歌賞」選者となる（他に天野祐吉、坪内稔典）。五月、桐生市にて講演。三省堂『現代短歌大事典』刊。六月、永田の学会に同行して軽井沢へ。赤い二人乗り自転車で走り回る。大伴家持大賞選考委員（佐佐木幸綱と）。九月、青森、高知にて講演。第八歌集『家』（短歌研究社）刊。九月、左胸に乳癌が見つかり、十月、京大病院にて手術。稲本俊教授執刀。放射線療法も併用。母河野君江歌集『七滝』（短歌新聞社）刊。十一月、NHK歌壇収録には淳が付き添い、車椅子でNHKまで、ゲスト鶴見俊輔氏。

平成十三年〈二〇〇一〉　五十五歳

四月、NHK衛星放送テレビ歌会（松山）。八月、第九歌集『歩く』（青磁社）刊。十月、『西行と兼好』（ウェッジ）に「西行と桜花―あくがるる心―」を分担執筆。七月、永田の学会出張に同伴し、ポルトガル（リスボン）、フランス（ブルゴーニュ）などを旅行。

平成十四年〈二〇〇二〉　五十六歳

五月五日、父河野如矢死去。享年八十五歳。京都アステ二十周年特別講座、鼎談「表現の面白さ」（京都大学総長尾池和夫、写真家井上隆雄）。歌集『歩く』により第十二回紫式部文学賞を受賞。第六回若山牧水賞受賞。七月、「清流」に永田和宏と共にインタビュー「夫婦で歩む人生」。九月、第十歌集『日付のある歌』（本阿弥書店）刊。淳の長女、玲誕生。十一月、永田の出張に同伴して、台北（台湾）で数日を過ごす。この頃より、不眠に悩まされ、精神のバランスを崩しやすくなる。

平成十五年〈二〇〇三〉　五十七歳

二月、「短歌」にて「河野裕子の世界」が特集される。作品「春へ」五十首および「河野裕子語録」など含めて七十ページ。十二月、永田の出張に同伴して、インドのバンガロール市に滞在。

平成十六年〈二〇〇四〉　五十八歳

二月、馬場あき子らと共に黒川能を見る。春日神社難波宮司宅に泊まらせてもらう。紅、農学博士学位取得。四月、歌集『体力』の英訳版「Vital Forces」がアメリア・フィールデン、結城文の訳によって刊行される。五月、「塔」五十周年記念号に鼎談（佐佐木幸綱、永田和宏）。永田の出張に同伴してアメリカ・ニューヨーク州郊外のコールドスプリングハーバー研究所に滞在。十月、永田と秋田県、象潟、黒湯温泉などをめぐる。十一月、第十一歌集『季の栞』（雁書館）刊。同月、第十二歌集『庭』（砂子屋書房）刊。「ＮＨＫＢＳ列島縦断短歌大会」（福岡県能古島）を主宰。

平成十七年〈二〇〇五〉　五十九歳

五月、永田と共にオーストラリア・ケアンズに滞在。七月、河野君江第二歌集『秋草抄』を青磁社より刊行。織田作之助賞選考委員となる（他に芳賀徹、辻原登、河田悌一）。ＮＨＫ教育テレビ「ＮＨＫ短歌」選者（平成十八年まで）。十月、沼津牧水祭にて永田和宏と対談。文化庁主催「京都文化会議」のワークショップに参加（他に分子生物学者の中西重忠ら）。「日韓をつなぐ短歌と時調」に参加（他に中西進、河合隼雄ら）。角川短歌賞選者となる（平成十九年まで）。十二月、永田と共にハワイ島に滞在。

平成十八年〈二〇〇六〉　六十歳

一月、淳の次男陽誕生。六月、産經新聞与謝野晶子賞の催しで永田和宏とともに隠岐に。ＮＨＫ学園「河野裕子と行くイギリス湖水地方の旅」に参加。大阪朝日カルチャー講師となる。「歌壇」に「私の会った人々」の連載開始（聞き手・池田はるみ、平成二十年九月まで）。

平成十九年〈二〇〇七〉　六十一歳

ＮＨＫ学園「河野裕子と行く北イタリア、スイスの旅」に参加。途中、学会で渡欧していた永田和宏と二度に亘って合流。マッターホルン、アイガーなどにも登る。六月、子規記念博物館館長天野祐吉プロデュースの新道後寄席「家族揃って歌合戦」に、永田和宏、永田紅とともに出演。京都新聞歌壇選者となる。「はるくさ木簡」シンポジウム（毎日新聞主催）に参加（栄原永遠男ら）。「なにわの宮新作万葉」の選者（翌年まで）。

平成二十年〈二〇〇八〉　六十二歳

五月、「ＮＨＫＢＳ列島縦断短歌大会」（佐賀）を主宰。宮中歌会始詠進歌選者となる。七月より京都新聞紙上で永田和宏と共に「京都歌枕」の連載を開始（平成二十二年七月まで）。七月、淳の三男颯誕生。八年前に手術した乳癌の再発・転移が見つかる。以後、化学療法のため、ほとんど毎週、京大病院へ通う。シンポジウム「木簡が語る万葉の世界」に参加（栄原永遠男ら）。九月、上賀茂神社主催のシンポジウム「源氏物語と和歌」に参加（他に、村井康彦、芳賀徹、冷泉貴実子、永田和宏）。九月三十日、母河野君江死去。享年八十五歳。十一月、『続河野裕子歌集』（砂子屋書房）、第十三歌集『母系』（青磁社）刊。十二月、『歌人河野裕子が語る　私の会った人びと』（本阿弥書店）刊。

平成二十一年〈二〇〇九〉　六十三歳

一月、宮中歌会始に選者として初めて出席。五月、歌集『母系』によって第二十回斎藤茂吉短歌文学賞を受賞（上山市）。六月、『母系』によって第四十三回迢空賞を受賞。七月、産経新聞で家族四人のインタビューを受ける。九月、産経新聞夕刊にてエッセイ「お茶にしようか」を永田和宏、淳、紅と交替で毎週執筆。NHKBS「日本全国短歌日和」にて永田、淳、紅と家族連歌。十一月、京都市文化功労者。十二月、第十四歌集『葦舟』（角川書店）刊。

平成二十二年〈二〇一〇〉　六十四歳

四月、紅、結婚式。五月、上山市において斎藤茂吉短歌賞にて講演「茂吉と食べ物」。「清流」にて連載「巡る季節のなかで」始まる。六月、歌集『葦舟』によって第二回小野市詩歌文学賞受賞（俳句部門の受賞は金子兜太氏）。授賞式のため小野市へ。六月、永田和宏と京都新聞紙上で二回に亘り対談「京都歌枕連載を終えて」（掲載は七月）。京大病院に二週間入院。猫のトム、家を出て帰らず。死んだと思われる。七月七日。退院。その後、バプテスト病院に胆管手術のため一週間入院。七月末、退院。八月十二日、午後八時七分、乳癌により死去。享年六十四歳。

没後、九月に『シリーズ牧水賞の歌人たち Vol.7　河野裕子』（青磁社）刊。十月、一一〇〇名の参加を得て「河野裕子を偲ぶ会」（グランドプリンスホテル京都）。十月、『京都うた紀行』永田和宏との共著（京都新聞出版センター）刊。

平成二十三年〈二〇一一〉

一月、『歌集　新装版　桜森』（蒼土舎／ショパン）刊。二月、『家族の歌』永田和宏、淳、紅、植田裕子との共著（産経新聞出版）刊。六月、第十五歌集『蟬声』（青磁社）刊。七月、『たとへば君』永田和宏との共著（文藝春秋社）刊。エッセイ集『たったこれだけの家族』（中央公論新社）刊。『河野裕子読本』（角川学芸出版）刊。七月、ＮＨＫＥＴＶ特集「この世の息　歌人夫婦40年の相聞歌」放映。八月、『塔　河野裕子追悼号』（塔短歌会）刊。十二月、エッセイ集『わたしはここよ』（白水社）刊。

平成二十四年〈二〇一二〉

四月、エッセイ集『うたの歳時記』（白水社）刊。五月、エッセイ集『桜花の記憶』（中央公論新社）刊。八月、ＮＨＫＢＳプレミアムドラマ「うたの家　歌人・河野裕子とその家族」放映。『体あたり現代短歌』が角川学芸出版から再刊される。

平成二十五年〈二〇一三〉

二月、『続河野裕子歌集』（砂子屋書房）刊。

平成二十六年〈二〇一四〉

一月、『たとへば君』文春文庫に。七月、エッセイ集『現代うた景色』中公文庫に。八月、『家族の歌』文春文庫に。十月、エッセイ集『どこでもないところで』（中央公論新社）刊。

平成二十八年〈二〇一六〉

一月、『京都うた紀行』文春文庫に。

（永田淳編）

あとがき

本書は、「現代短歌」平成二十五年九月号から平成二十八年三月号まで二年六ヶ月にわたって連載された河野裕子論を一冊にまとめたものである。平成二十五年九月号は「現代短歌」という雑誌の創刊号である。創刊号からずっと連載を続けてきたわけで、現代短歌社の道具武志社長と今泉洋子さんの厚情に心から御礼を申し上げたい。

連載の時から河野の歌集を中心に進めてきたので、目次が歌集名の羅列だけというずいぶんそっけないものとなってしまったが、いま、全体を読み通してみて、これでよかったのではないかと思っている。私の論は河野の人生や生活を追ったものではなく、あくまでも歌集の歌に基づいたものであるから、妙なくくり方をして論に筋などをつけてはおかしいという気がしてきたからである。

書き終えて、どのくらい河野の歌について書けているのか、自分でもわからないが、早くに亡くなってしまった河野のためにも、ぜひ、多くの人に読んでいただけたらと願っている。

平成二十八年五月

大島史洋

河野裕子論

平成28年９月16日　発行

著　者　大島史洋
発行人　道具武志
印　刷　㈱キャップス
発行所　**現代短歌社**

〒113-0033 東京都文京区本郷1-35-26
振替口座　00160-5-290969
電　話　03（5804）7100

定価2700円（本体2500円＋税）
ISBN978-4-86534-175-1 C0092 ¥2500E